JKM

La défaite

Ludovic Balavoine

JKM

La défaite

Aux amis de jeunesse,

PREMIER TEMPS

1

Quand JKM alluma son poste de télévision, les yeux encore mi-clos, il comprit que la tension de la veille n'était pas tout à fait retombée sur les plateaux des chaînes d'informations. En réalité, elle n'était pas du tout retombée. On s'excitait, on éructait, on interrogeait des experts en rien et des Monsieur-Madame-je-sais-tout, la parité pour dire n'importe quoi était scrupuleusement respectée. Un vieil homme, petite chemise à carreaux Vichy, un peu froissée, représentant d'une obscure association de *boomers*, beuglait : « on ne peut pas faire ça à des retraités !!!!! » Il sembla à JKM que c'était le même vieux qui, en fin de soirée déjà, hurlait la même bouillie, saupoudrée d'ingrédients révolutionnaires et irrévocables : liberté, égalité, justice, et patati et patata. Bref, le petit matin de JKM – il était presque onze heures – ressemblait à sa veillée tardive. Quoi qu'il en soit, le gouvernement ne comptait pas reculer. Des ministres désœuvrés et des députés de garde, pas les plus connus, il faut l'avouer, on était en plein cœur de l'été, se succédaient dans le poste pour déclarer « assumer une décision difficile mais indispensable au bien-être des actifs qui avaient le droit, le week-end, de faire leurs courses tranquillement » sans être noyés dans un flot de retraités, de traîne-savates qui font « perdre du temps de loisirs à celles et ceux qui luttent au quotidien pour le redressement économique de la France », osa une jeune députée, un peu trop fayote au goût de JKM, mais franchement mignonne avec ses bouclettes dorées. « Le pouvoir d'achat de nos aînés pourra s'exprimer pleinement et librement du lundi au samedi, de huit heures à dix-sept heures », continua l'élue d'une circonscription rurale, assez contente d'elle à en croire son visage rosé comme un Grenache du Ventoux. *Quid* des vacances scolaires ? interrogea un chroniqueur politique, facétieux. La question resta sans réponse ; apparemment, toutes les situations offertes par le calendrier n'avaient pas été envisagées...

JKM traîna les pieds jusqu'au frigo ronflant, en ouvrit la porte. Un froid sec le saisit, presque vivifiant. « Waouh ! Ça vaut une bonne douche, ça ! », pensa-t-il. Il resta figé quelques secondes, puis saisit une *Pils* qui l'attendait dans la porte, bien fraîche. C'était la dernière, l'ultime cartouche. La balle du shériff, comme dans les westerns, celle qui sauve les innocents. Il plaqua la canette sur sa joue, presque satisfait. Il sentit une vague de frissons parcourir son maigre corps. La télévision résonnait dans la pièce. Le volume était un peu fort sans doute, il aurait bien baissé le son, mais il ne savait plus où était la télécommande. Elle devait être perdue, il avait renoncé à la chercher en tout cas. Le son restait sur vol. 14, un niveau un peu tonitruant ; les voisins se plaignaient parfois ; rarement en fait, car la cité vivait dans un horrible ramdam auquel la télé de JKM versait son écot.

L'été des chaînes infos était bien pénible pour ses acteurs. Il ne se passait rien, mais franchement rien. Les téléspectateurs le sentaient bien. D'ailleurs, une majorité avait fui. Les bandeaux putassiers ras d'écran n'avaient rien de sérieux à dévoiler depuis le début des grandes vacances. Une tentative de réanimation avait échoué : un stupide accident spectaculaire de bus, le chauffeur s'était endormi, zéro mort, la *lose*. Les faits divers étaient nuls, crasseux, et les guerres s'accordaient une pause, faute de poudre. Bref, l'été était calme et les reportages sur les plages n'y changeaient rien. Après vingt-trois heures, on passait bien une pastille un peu coquine sur le maillot de bain fureur de l'été, un truc économe en textile, qui faisait jaser, et pas seulement chez les bigots, mais, qui aux yeux de JKM paraissait quand même assez excitant. Ce soir-là, un reportage, traditionnel lui aussi, sur les glaces à l'italienne, ne le rafraîchit pas vraiment, même pas au goût piment-kiwi. Mi-juillet, le marronnier du burkini n'avait pas plus happé un public qui préférait se gaver au Ricard et au rosé, des valeurs refuge avec le saucisson sec et les cacahuètes salées – les chips étaient en forte baisse aux dires des experts, – 14 %, l'industrie de la patate s'alarmait ; quant à la combinaison de plage, les arrêtés municipaux d'interdiction prestement délivrés avaient suffi à éteindre les premières polémiques. Un journaliste (un stagiaire ?, c'était pas clair) avait bien trouvé une récalcitrante qui refusait de se soumettre aux injonctions officielles, sur une plage de Nice ou de Cassis, JKM n'avait pas bien suivi, mais une police municipale survoltée et en manches courtes avait rappelé la renégate à ses obligations citoyennes. Quelques insultes étouffées avaient été échangées, mais JKM n'avait pas trop suivi, ça non plus. En fait, il s'en foutait royalement. Du moins, tant que la *Pils* était glacée.

Mais là, à quelques jours du chassé-croisé l'été, les déjà nostalgiques juillettistes, amers mais bronzés, croisant les aoûtiens armés de leur petit sourire malicieux, les médias tenaient ENFIN leur sujet avec le révolutionnaire planning des emplettes. L'excitation gagnait de nouveau des présentateurs assoupis eux aussi, accablés par une chaleur il est vrai étouffante, tellement insupportable que même le journal météo en devenait désagréable. Le commun des mortels avait bien compris que le réchauffement climatique n'allait apporter aucun répit. En cette saison autrefois heureuse et insouciante, il était condamné à griller. Seuls le Ricard, le rosé, « et la *Pils* ! », claironnait JKM, offriraient un sursis. De fidèles alliés, coûteux mais loyaux. Les rédactions bruissaient donc au point où les rédacteurs en chef de permanence, les bernés du calendrier, se posaient la question d'écourter ou non les vacances des présentateurs vedettes – tous avaient mis leur téléphone portable en mode silencieux, forcément.

La douche de JKM fut rapide, très rapide, juste utile à mieux se sentir réveillé. Quand il sortit de la salle de bains, il lui sembla que ça braillait vraiment de plus en plus fort dans le poste. Le retraité chemise-carreaux-Vichy-froissée était cramoisi. On ne comprenait plus rien à ce qu'il hurlait, juste quelques mots, toujours les mêmes : justiiiiice !, É-GA-LI-TÉ, LIBERTÉÉÉÉÉÉÉ, ânonnés comme des coups de marteau, au milieu d'une logorrhée bafouilleuse et incohérente. Le jeune présentateur, en sueur, paraissait fort embarrassé, il ne s'en sortait pas du tout. À vrai dire, il était nul, point barre, enfin, c'était l'avis de JKM, un spectateur lambda et fidèle ; mais pour être sûr de cette sentence il faudrait sonder l'opinion d'une ménagère de moins de cinquante ans. JKM se dit qu'à l'occasion il en parlerait à sa voisine, tout en se demandant si elle n'avait pas déjà passé la barre fatidique du demi-siècle. Poitrine fuyante, cheveux grisonnants, sourire incomplet, rides creusées... il scanna les indices, mais ne put conclure. Il lui en toucherait donc un mot. Bref, avec une telle performance, le jeune journaliste – ou stagiaire ? c'était franchement pas clair – ne passerait certainement pas l'été, condamné pour les quarante-trois annuités restantes de sa carrière à errer dans les rédactions de la PQR *(NDLR : presse quotidienne régionale)* où, après avoir fait ses preuves par quelques entrefilets bien sentis, on lui confierait la responsabilité de rédiger des TVS *(NDLR : tranches de vie saignantes)* narrant par le menu, parmi d'autres, le départ à la retraite d'un commis de mairie après quarante ans de bons et loyaux services, la rencontre avec une poissonnière qui tient le même étal depuis des lustres, un accident vélo-trottinette électrique, 0 mort, 2 égratignés... tout un registre aux codes bien établis, qui affole un landerneau local et consanguin absolument fasciné par les aventures de proximité. Le jeune présentateur, donc, en bavait. La publicité, elle, n'était pas prévue avant une bonne dizaine de minutes, et le troisième homme du plateau, un consultant « expert en stratégies de consommation » comme l'indiquait le bandeau de présentation, n'avait plus d'arguments depuis un bon moment déjà – JKM se demanda ce qu'il fallait bien faire comme études pour échouer « expert en stratégies de consommation ». En tout cas, vu son physique rebondi et son visage mafflu, il devait

avoir pas mal consommé le coquin, s'émut JKM !
La veste du costume semblait se plaindre du
ventre qu'elle enserrait, un bouton était prêt à se
faire la malle, deux peut-être, mais JKM n'était
pas tout à fait sûr, bien qu'ayant le visage collé à
une trentaine de centimètres tout au plus de
l'écran criard à ce moment. Subitement, il se ressaisit, se demandant ce qu'il faisait aussi près du
poste à regarder un textile en détresse et à écouter, lui le décroissant contraint, un professionnel
de la consommation qui parlait de grandes surfaces, de clientèles, d'heures de pointe, de marges
vendeur, de chaland, etc., tout un vocabulaire qui
lui donnait la gerbe à vrai dire. Il était à deux
doigts de zapper, mais il se dit qu'à cette heure-là,
il ne pourrait tomber que sur des émissions de té-
lé-achat (re-vomito) ou sur des clips niais de chanson française (re-re-vomito). Il pensa aux chaînes
de dessins animés, mais à trente-six ans, il fallait
sans doute « grandir un peu ! », comme lui répétait sa mère. Il se résolut donc à rester fidèle à la
chaîne d'info continue, et s'affala dans son canapé
au tissu râpé, quand, soudain, le jeune présentateur accablé reprit la parole avec vigueur pour
une annonce brutale, comme on interrompt l'an-
tenne pour une *breaking news* qui n'annonce rien
de bon. JKM fut à deux doigts de se relever.
« Priorité au direct !... Messieurs !!... Messieurs !!!
... Priorité au direct !!!!... », ponctué d'un « merde

alors ! » qui lui échappa sans vergogne. Un vif
« vos gueules ! » aurait été plus efficace estima
JKM. Mais le vieux retraité ne l'entendait pas de
cette oreille, ou plutôt n'entendait rien apparemment. De plus en plus agité, il continuait à couvrir
la voix du présentateur, dans de grands gestes qui
rappelaient les moulins de Hollande ou une
séance d'aérobic – peut-être de zumba, JKM ne
put trancher, n'étant pas vraiment « expert stratégies des activités physiques ». Le présentateur profita de l'arrêt au stand du pépère vitupérant – une
rapide gorgée d'eau, aussi brève qu'un *pit stop* de
Formule 1 – pour lancer un duplex avec l'Assem-
blée nationale, où un député au visage écarlate, en
bras de chemise, attendait. Une dégaine sortie de
buvette, débraillée et pétillante, gorgée de soleil et
de rosé. Elle avait belle allure la fameuse *breaking
news* ! Le niveau allait monter, c'est certain. Et il
n'était que onze heures seize. JKM décida qu'il
était temps d'« exprimer pleinement et librement »
son minable pouvoir d'achat : il enfila un tee-shirt
taché – de la sauce tomate ? –, un large bermuda
fleuri, des tongs de plage puis descendit vers le
Promo, une supérette pour pauvres qui gisait trois
étages plus bas, où il ferait le plein de *Pils* pour la
journée.

2.

Le *Promo* était un magasin rustique et sordide comme on en trouve tant dans les cités délabrées. Pas de portes automatiques, juste un tourniquet, des rayons gris et étroits, remplis de cartons, deux caisses pour régler ses achats, dont une en permanence fermée, encombrée d'emballages vides. Dès l'entrée, une odeur âcre piquait le client, semblable à l'effluve pesante des magasins *bio* des beaux quartiers, sauf que là point de graines ou de fruits en décomposition pour embaumer la carcasse métallique : le parfum d'ambiance était un mélange de crasse, de sueur, d'haleines chargées, amplifié par la chaleur moite d'un été impitoyable. « Bienvenu au *Promo* ! », avertissait le paillasson de l'entrée – le *e* de bienvenue avait été biffé au marqueur par le tenancier-franchisé, Patrick Guidon, persuadé d'être victime d'une faute d'orthographe.

Dans la hiérarchie des surfaces alimentaires, le *Promo* était tout en bas, vraiment très bas, dans les tréfonds de l'empire de la consommation. Il n'apparaissait même pas dans les classements des enseignes de distribution ; c'était le *hard-discount* du pauvre, très *hard* et pas trop *discount*. Au *Promo* le bien-nommé, tout était en promotion : les prix, parfois, rarement à vrai dire, les quantités et la qualité, toujours. Les produits portaient des noms assez étranges, souvent imprononçables, un mélange d'allemand et de portugais se disait JKM, ou bien une langue scandinave accouplée à un dialecte bavarois – les *Pils* ! Il y pensait souvent, dès qu'il descendait au *Promo* en fait, se posait les mêmes questions, alors qu'au fond, il s'en foutait un peu. Mais ça l'occupait.

JKM, donc, se rendait tous les jours au *Promo*, il y avait ses habitudes, comme on dit. Il aurait pu aller au *Rond-Point*, à vingt minutes de marche de chez lui, mais tout y était plus cher et il s'y sentait moins à l'aise, au milieu d'une clientèle beaucoup plus huppée que lui. Et puis c'était au-delà de l'agence nationale pour l'emploi *Jobs pour Tous*. Il n'allait pour ainsi dire jamais plus loin que ce bâtiment miteux, une frontière personnelle qu'il s'était imposée et qu'il ne souhaitait transgresser, une question de principe à laquelle il se tenait rigoureusement. Alors, va pour le *Promo* !

Le parcours de JKM y était immuable : pour commencer, après avoir adressé un timide bonjour, une main mollement levée, à Fatimata, l'hôtesse de caisse, il flânait longuement devant le carré « BIGS PROMOS » situé juste après l'entrée. Enfin, *flânait*, le terme n'était pas tout à fait juste : le carré était d'une dimension ridicule, et on ne flâne pas autour d'un îlot aussi misérable, comme on tourne autour du dernier séant des chaises musicales. En réalité, JKM hésitait face aux « BIGS PROMOS » – ce jour-là, du papier toilette « triple épaisseur » et des boîtes saucisses-lentilles à la DLUO (date limite d'utilisation optimale) indécemment dépassée ; il contournait l'îlot, se posait mille questions dont la principale était la pragmatique « ai-je les moyens ? », pour finalement, comme toujours, s'en détourner et se diriger vers le rayon boissons, fier de ne pas avoir cédé à la tentation. Là, les *Pils* l'attendaient, empilées par palettes de douze. En ce mardi 31 juillet, une double surprise attendait JKM à *Pilsland* : la vraie promo, celle qu'il ne fallait pas manquer, était là, et non aux « BIGS PROMOS », avec les douze *Pils* de 50 cL affichées à 7 €67 au lieu des 9 €59 habituels. Moins 20 % quand même ! « Merci mon Guidon ! », pensa JKM en saisissant une palette, déterminé. Il hésita à en prendre une seconde, histoire de *profiter* de la promotion, en bon consommateur « libre et expressif », mais il se posa à nouveau mille questions, dont la plus pragmatique était « comment vais-je remonter tout ça ? ». JKM était pragmatique en toutes circonstances, pour ne pas dire philosophe. Il envisagea bien de faire un deuxième tour au *Promo* dans la journée, mais y renonça presque aussitôt... la flemme ! Le *design* de la *Pils* était l'autre surprise du jour : la canette avait abandonné sa robe verte aux écritures dorées, pour une sobre livrée blanche sur laquelle se détachait un nouveau slogan en minuscules carolines rouges que JKM peina à déchiffrer : le « *Pils*, et *pils* c'est tout ! » avait laissé place à un tapageur, pour ne pas dire engageant, « *Pils* ? Parce que t'as soif ! », le genre de slogan qu'il faut crier bien fort, enfin, c'est ainsi que JKM s'imaginait la publicité de la bière si elle devait passer à la radio ; elle n'existait pas au demeurant, on ne fait pas la publicité de breuvages aussi infâmes (du *Promo* tout simplement). Et c'est vrai que JKM avait soif en ce dernier jour brûlant de juillet. Il était à deux doigts d'ailleurs d'ouvrir une *Pils* en plein milieu du rayon, mais il se ravisa. Une habitude ça aussi chez lui que celle de renoncer.

Sa déambulation consumériste au *Promo* se poursuivit par les rayons conserves et surgelés, où il rechargea en petits pois carottes (boîte de 530 g), concentré de tomate (trois petites conserves) et steaks hachés (pack de 10+2 offerts, « Merci mon Guidon ! »). Il s'en sortit pour 16 €90, assez satisfait de ses achats. La *Pils* en promo fut presque une fierté. Il aurait pu sortir du *Promo* le torse bombé, le visage haut, en véritable vainqueur, mais il préférait intérioriser. Et puis, les *Pils* étaient lourdes à porter.

3.

À peine JKM fut-il sorti du *Promo* qu'une voix puissante et rauque l'interpella :

— Eeeeh Momooooo !

JKM rougit, embarrassé. Il détestait qu'on l'appelle ainsi. Il préférait mille fois un Jeannot, un Kéké, ou n'importe quel autre stupide sobriquet que Momo. Il fit semblant de ne pas avoir entendu, harassé par le poids des *Pils* et du sac de provisions qui tordait son bras ; il pressa un peu le pas, pas trop quand même, il n'avait pas l'habitude le bougre, mais la voix insista, fortement, d'un ton sec qui lui parut une sommation de police, colts sortis, suspect en joue :

— Momo ! C'est moi, Paulo !

JKM n'eut d'autre choix que de stopper sa course, enfin, façon de parler, de s'arrêter, plus simplement. Il se retourna et lâcha un faible :

— Oh ? Paulo ! accompagné d'une expression presque hébétée – il n'était pas très crédible, il feignait mal la surprise.

— Attends, attends, je vais t'aider à porter ta picole ! s'empressa Paulo, serviable à l'excès, comme toujours.

JKM ne se priva pas des gros bras de Paulo-le-livreur, 1m72, 98 kg. Ils remontèrent les trois étages au-dessus du *Promo* pour regagner les appartements du « Prince Momo », comme Paulo aimait à le taquiner, parfois en lui pinçant les joues, avec une certaine tendresse (« Enlève tes sales pattes, je suis pas pédé », lui répondait systématiquement JKM en se dégageant).

— Tu fais quoi dans le quartier ? Tu bosses pas aujourd'hui ? s'enquit JKM, pour faire la conversation.

— Eh ! Momo ! Il est presque treize heures ! répondit Paulo. L'heure du ravito !

JKM ne s'était pas rendu compte qu'il venait de passer une heure au *Promo*, entre hésitations et choix affirmés de son pouvoir d'achat libéré. Paulo était en pause, et dès qu'il avait un moment de libre, il venait emmerder tout le monde dans la cité, avec ses histoires de livraison, de conduite sportive dans les rues encombrées de la ville, ses aventures sur les applications de rencontre ; bref, il racontait sa vie trépidante, bien que parfaitement ratée : il n'avait plus de points sur son permis depuis des mois et le célibat le contrariait toujours. Ce jour-là, donc, c'était tombé sur JKM, qui passait par là, un peu comme la joggeuse est surprise sur un chemin forestier par un pervers sexuel, toujours misérable, parfois criminel. C'était sûr, Paulo n'allait pas lâcher sa proie !

— T'as quoi à bouffer ? J'ai la dalle !

Paulo ne s'exprimait que par questions ou interjections, jamais une phrase longue. Sujet, verbe, complément, parfois un adverbe, mais rarement plus.

— Rien... tenta JKM.

— Attends ! File-moi les steaks, je vais les cuire ! dit Paulo en saisissant le sac de courses.

JKM ne résista pas, ça ne servait à rien, Paulo aurait insisté. Alors il renonça, pleurant sur son pouvoir d'achat, déjà guère vaillant, qui allait prendre un sacré coup : il allait bien s'en enfiler trois voire quatre des steaks *burger* aux oignons, ce morfal de Paulo, il faudrait retourner plus tôt que prévu aux courses.

— Y a du *halouf* dedans ? s'enquit soudainement Paulo, presque inquiet.

Car tout Paulo qu'on l'appelait, dans les registres de l'état-civil de la République, il était Abderrahmane. Abderrahmane Youssouf Ben Halima pour être très précis, arrivé vingt ans plus tôt de Tunisie avec ses parents, tous naturalisés français depuis cinq ans. Abderrahmane donc, *aka* Paulo :

personne dans la cité ne pouvait expliquer l'origine de ce surnom, et la cité ne comptait aucun historien prêt à s'embarquer dans la généalogie tortueuse et exotique du Paulo. Le gras livreur se revendiquait de confession musulmano-tolérante, un concept aux contours assez flous, qui se traduisait dans les faits par une pratique laxiste des préceptes de l'islam, adaptée aux circonstances : il ne crachait pas sur le whisky-coca en boîte de nuit à ce que l'on racontait, il regardait du porno tous les jours, en montrait des extraits salaces ou acrobatiques à tous ses potes, gaillard ; mais sa pratique redevenait rigoureuse, quasi wahhabite, sur un point : le *halouf.* Jamais de *halouf* de peur de périr dans les ténèbres de l'enfer.

— J'sais pas, lis l'emballage, répondit JKM, presque transi, qui ne perdait pas de vue son pouvoir d'achat chancelant.

Il pensait que Paulo renoncerait à se pencher sur les petites lignes récapitulant les ingrédients, mais une puissante fringale le conduisit, tel un explorateur aventureux, sur le terrain miné de la lecture. « C'est quoi les lipides ? » JKM se dit que son pote Paulo était vraiment plus con qu'il ne l'avait imaginé. Il capitula : « y a pas de *halouf* dans ces steaks, t'inquiète ! »

Soulagé, Paulo fit chanter l'huile sur la poêle,

sifflotant. Il y jeta cinq steaks finalement, en lançant : « t'en prendras bien un ? » Le pouvoir
d'achat de JKM agonisa.

4.

Il fallut deux *Pils* à JKM, lampées coup sur coup, à la trompette, pour souffler un peu. Elles étaient chaudes, envahissantes dans la bouche, presque intrusives, comme si les bulles mutaient en une grasse écume pour s'engouffrer, suaves, dans une gorge serrée par le stress. Dans l'esprit de JKM, les calculs se multipliaient, les calendriers s'enchevêtraient, un galimatias de comptes et de dates impossible à démêler : il lui fallait tenir jusqu'au 5 août... Six jours à tuer, comme une guerre à gagner. JKM avait l'habitude des fins de mois compliquées, mais il pensait que juillet serait moins tendu, tranquille, plus que mai et juin qui avaient été un cauchemar – il avait dû changer de téléphone et acheter un pantalon. Le passage éclair de Paulo, reparti à peine les steaks avalés – il s'était finalement envoyé les cinq, seul –, venait de le replonger dans l'incertitude du lendemain.

Pourtant, JKM était un habile financier, un gestionnaire de portion congrue malin et appliqué. Il projetait ses dépenses sur le mois avec une rigueur digne de celle des ingénieurs de la NASA, enfin, pas ceux de 1986. Tout était calculé, anticipé, prévu, les aléas pronostiqués, les tuiles surmontées. Sauf une visite impromptue de Paulo *aka* Abderrahmane, ou l'inverse... Sur le moment, il le détesta et lui souhaita de mourir en martyre en Tchétchénie, en Syrie, ou dans l'un de ces déserts où on s'entre-tue pour un kilo de sable et trois chèvres. Soit dit en passant, JKM remarqua que Paulo ne s'incrustait que le mardi ou le vendredi ; il se dit que ces jours-là, si achat de viande il devait y avoir, il pencherait pour des côtes de porc ou un rôti d'échine, à déguster sur la semaine. Le porc n'avait pas ses faveurs, question de goût, mais au moins il protégerait sa pitance comme des chevaliers défendent leur citadelle. JKM exerçait donc son pouvoir d'achat avec la minutie d'un horloger suisse. Aucune dépense inutile, aucun écart, adieu les petits plaisirs. Des centimes savamment épargnés. Son livre de comptes reposait sur un pilier : la *Pils*. C'était LA dépense principale, l'incontournable, l'indispensable, le pilastre de son existence, qui lui permettait de survivre, de surmonter la misère du quotidien, une sorte de compagne en somme. Adorable *Pils*, fidèle, douce, réconfortante, saveur pisseuse, certes, mais toujours là à l'épauler, comme les colonnes soutiennent un temple antique. Avec la *Pils*, on était loin du nectar, du bon vin, trop cher pour JKM de toute façon, même le vin espagnol vendu en brique comme le lait UHT n'était pas dans ses cordes financières. Les sensations que cette garce procurait étaient plus fortes en la pissant qu'en la buvant (belle expression américaine, il aimait bien la ressortir à ses potes, sortant fièrement des chiottes, braguette en main, alors que les Américains, eux, JKM ne les aimait pas trop, ces trublions belliqueux et libéraux). Bref, la *Pils* accaparait les trois cinquièmes de son budget mensuel, le revenu solidaire, le salaire des feignants pauvres, ou des pauvres feignants, cela dépend du camp politique. JKM buvait dix *Pils* 50cL par jour, tel un métronome, sur un rythme digne du *Boléro* de Ravel. Les aides publiques s'occupaient de son loyer, il bénéficiait du tarif social pour l'électricité et l'eau. À vrai dire, il consommait peu, chauffait guère et ne se lavait pas vraiment, une fois par semaine, voire deux quand il savait que Cindy, la vendeuse du Point Chaud du *Rond-Point* viendrait le visiter, dans tous les sens du terme. Bref, il faisait du bien à la planète, son bilan carbone était admirable.

JKM passa l'après-midi à compter, recompter, encore compter, vérifier les calculs – il faisait tout de tête, voilà bien une compétence de la pauvreté que celle de tenir un livre comptable virtuel, au centime près. Il ne put suivre le direct info à la télé, ni son jeu de lettres qu'il ne manquait pourtant jamais, sauf événement majeur – pour les derniers : l'enterrement de Johnny par exemple, bien qu'il s'en fût foutu, il n'aimait pas ses chansons et sa dégaine, ou encore la cérémonie d'ouverture des Jeux Olympiques, dont il se moquait aussi allègrement, mais comme tout le monde regardait, il se conforma à l'injonction médiatico-politique, tel un petit soldat discipliné.

Vers vingt-deux heures, tous comptes faits et les dix *Pils* réglementaires bues, JKM dut se rendre à l'évidence : il faudrait réduire la voilure, passer à neuf *Pils*, peut-être huit, ou sauter quelques repas – cette option avait sa préférence. Terminée la bamboche, comme dit autrefois un ministre. Ceinture serrée, cramponné au canapé, JKM se préparait aux turbulences, la tête lourde, alors que le poste de télévision continuait à cracher la colère des retraités.

5.

Le lendemain, JKM se leva plus tôt qu'à l'ac-
coutumée, vers dix heures, un peu dans le gaz. Il
avait rencart avec Chouf sur le banc rouillé de la
petite butte du minuscule jardin public de la cité,
pompeusement nommé « Parc Patricia-Kaas »
(tout le monde dans le quartier se demandait où
la mairie était allée chercher un tel nom pourri).
Leur traditionnel rendez-vous du mercredi dix
heures. Et comme chaque mercredi, JKM arriva en
retard, essoufflé. Monter des escaliers ou un talus,
un véritable effort !

— T'es en retard, mec ! lui fit remarquer
Chouf, assis sur le dossier du banc. Comme
d'hab'.

JKM ne prit pas le temps de s'excuser, il s'affala sur le banc, en soufflant fort, exténué. Il exagé-
ra un peu son effet, mais il jouait mal la comédie
et de toute façon, Chouf n'était pas dupe. Un silence long et pesant s'installa. Leurs rencontres
n'étaient pour l'essentiel que des silences longs et
pesants, interminables, ils n'avaient pas grand-
chose à se dire, à se raconter. Leur vie morne et
indigente n'offrait pas l'occasion de nourrir des
histoires à partager entre amis. Heureusement,
dans la cité, on n'organisait pas de dîners comme
chez les bourgeois, au cours desquels on intercep-

tait la parole pour raconter par le menu les derniers exploits des progénitures, le dernier film vu, le dernier livre lu, ou plutôt en cours de lecture, car on ne lit pas beaucoup chez les bourgeois en réalité. En un mot, on s'emmerdait sévèrement dans la cité.

Devant eux, en contrebas, une autoroute tailladait une vallée étroite et abrupte comme un canyon. La circulation était dense, bruyante. JKM et Chouf regardaient les voitures et les camions filer, réagissaient, moqueurs, presque satisfaits, à chaque flash du radar automatique placé au bout d'une belle ligne droite. Quand les vents tournaient nord-ouest (c'était fréquent), l'autoroute expédiait un nuage de vrombissements qui ronronnait dans toutes les têtes ; « putain d'autoroute ! » s'écriaient les plus sensibles. Elle envoyait aussi peut-être un flot de particules fines, mais ça, tout le monde s'en foutait dans la cité ; beaucoup ne savaient pas ce que c'était, les risques encourus, et chez les moins ignorants, il était clair que l'espérance de vie, déjà raccourcie par la misère et un mode de vie sédentaro-alcoolo-tabagique noyé dans le gras, ne leur donnerait guère l'opportunité de développer des maladies spécifiques à l'inhalation de ces poussières invisibles et toxiques. De ce point de vue, au moins, les gens de la cité n'entraient pas dans les populations à risque. Ouf ! De l'autre côté du mini-canyon, une colline vaste et imposante toisait la petite butte du minuscule du parc Patricia-Kaas, son toboggan sans échelle et son tourniquet cassé. Des buildings la surmontaient, de verre et d'acier ; des parallélépipèdes, moches et standards, végétalisés pour certains à leur sommet. Un centre d'affaires s'étalait devant leurs yeux, puissant et attractif, un *Central Business District*, comme on dit dans les milieux mondialisés. Des bureaux par milliers de mètres carrés, des sièges sociaux, des banques, des assurances, des hommes en costume, du fric, des femmes en tailleur, en jupe, encore du fric, du champagne, des petits-fours frais au saumon ou au caviar, toujours du fric, des *Tesla* rutilantes, un métro propre et automatisé, du fric, du fric, du fric (*ad libitum*).

— Tu trouves pas qu'on dirait une forêt de bites ? lança Chouf en regardant les immeubles arrogants.

JKM pouffa en saccades, comme s'il toussotait. Il ne savait pas rire franchement. Il n'avait guère eu l'occasion de rire vraiment, depuis fort longtemps, et quand bien même il essayait, ou se libérait, on avait l'impression qu'il persiflait. Alors il toussotait, pour ne gêner personne. JKM éprouvait une haine féroce pour ce *Central Business District* qui les prenait de haut, qui méprisait la jeunesse de la cité depuis deux décennies. Oh ! JKM n'avait jamais prétendu appartenir à ce monde des affaires, il n'en avait pas les compétences, ni même les diplômes et encore moins l'ambition ; tout au plus aurait-il pu aller récurer les chiottes des *business men* affairés ou servir de laquais dans un restaurant à la mode, proposant une cuisine fusion, moléculaire ou une esbrouffe sophistiquée du genre, bien loin de son favori steak haché–riz–petits pois– carottes à la sauce tomate. Non, JKM ne pestait pas pour son cas personnel, de toute façon il refusait de travailler : il en voulait terriblement aux entreprises de ces immeubles clinquants de ne pas s'ouvrir aux forces vives de la cité d'en face. Il avait vu tellement de camarades diplômés qu'on ne convoquait même pas pour un entretien : l'adresse sur le CV, la couleur plus ou moins foncée, la religion supposée, le nom exotique... autant de raisons de recaler une candidature. Le frère de Chouf était de ceux-là : un bac mention Très Bien (rare dans ces contrées), des études brillantes dans une grande école parisienne (encore moins fréquent), un Master en finance (du jamais-vu dans la cité) et un boulot... en Suisse, dans une grande banque nationale. Une centaine de CV envoyés chez les pingouins goguenards d'en face, zéro réponse. Maudit ascenseur social. « Promotion républicaine, mon cul ! » pestait JKM. L'autoroute séparait deux cités interdites, comme une frontière infranchissable.

Chouf ne s'appelait pas Chouf. On n'appelle pas quelqu'un Chouf, du moins pas à l'état-civil. Chouf n'était pas non plus guetteur du *deal*. Il souffrait d'un problème visuel qui lui avait valu ce surnom oriental. Il portait des lunettes aux verres fumés. Un jour, au collège, un prof de maths pensa que Chouf le provoquait et lui demanda de retirer ses lunettes de soleil en classe... Chouf eut beau s'expliquer, il fut viré de cours et s'en tira avec deux heures de colles, pour « insolence ». Ses parents eurent de la peine pour leur rejeton, ils se sentirent humiliés, mais ne dirent rien, de peur de créer des problèmes en plus. Chouf exécuta sa punition et revint sans ses lunettes en cours de mathématiques. Il n'y voyait plus rien. Forcément, ses résultats en pâtirent, et les équations à une inconnue restèrent pour l'éternité une énigme... Jérôme Sanfourche, de son vrai nom, était manutentionnaire au *Rond-Point*. Il remplissait les rayons de la grande surface cinq jours par semaine, de quatre heures du matin à midi. Célibataire, sans enfant, zéro addiction. Une vie minable, dans le plus pur style.

— Hé ! C'est pas Paulo qui fait le con sur l'autoroute là ? lança Chouf en désignant d'un doigt agité une camionnette rouge et cabossée qui venait de faire une dangereuse queue de poisson à un poids lourd puis une brusque embardée sur la bande d'arrêt d'urgence qui, sans un dernier coup de volant intrépide, aurait pu la conduire dans le fossé.

— Ouaaah ! Quel pilote ! répondit JKM sans énergie, tout en sachant qu'il ne pouvait s'agir de Paulo : une telle manœuvre l'aurait expédié dans le décor à coup sûr, il conduisait comme un pied. Et puis sa nouvelle camionnette était blanche : il avait abandonné la rouge enroulée autour d'un arbre deux semaines auparavant.

Une heure et demie plus tard, dont une heure et vingt-huit minutes de silences longs et pesants, après trente-six flashs du radar automatique et un léger accrochage sur un ralentissement imprudent, JKM et Chouf se séparèrent. L'appel de la *Pils* était trop fort pour JKM. À midi, d'ordinaire, deux canettes fraîches irriguaient déjà son corps maigre et blafard. « *Pils time* ! comme disent les Ricains », pensa-t-il, retrouvant un certain allant sur le chemin du retour.

<h1 style="text-align:center">6.</h1>

Trois *Pils* glacées attendaient JKM au frigo. Il s'en envoya deux, presque sauvagement, devant l'écran de télévision. Il se sentit tout de suite mieux. Les retraités occupaient encore le poste, mais JKM trouva qu'une certaine lassitude s'était emparée des plateaux. Ça ronronnait à nouveau, moins d'entrain, moins d'experts, hormis un certain Michel Tube, omniprésent, un rondouillard verbeux, surdiplômé apparemment, avec une large cravate orange. Le vieux Vichy-carreaux-cramoisi avait disparu... JKM s'inquiéta vaguement pour lui : avait-il résisté à la pression médiatique ? La colère chaude avait-elle eu raison de son cœur ? Peut-être profitait-il du créneau autorisé pour faire ses courses ? Il fallait bien becter. On était mercredi. Il avait le droit. Une page de publicité bienvenue permit à JKM de vite penser à autre chose, et puis il n'allait quand même pas s'apitoyer sur un vieux qu'il ne connaissait pas ! Déjà qu'il ne s'inquiétait guère de sa propre mère qui languissait deux bâtiments plus loin.

Après être allé recharger en *Pils* (chouette ! le *Promo* restait au top avec sa promo, mais comme la veille ses maigres bras ne purent porter d'un pack), JKM picora deux ou trois bouchées froides de steak haché-riz-petits pois-carotte sauce tomate. La fourchette lui échappa, il tacha un peu plus son tee-shirt. Il profita de son détour par la cuisine pour attraper deux *Pils*, une fraîche, une chaude, avant de retourner buller dans le canapé devant la télé braillarde. Il s'assit lourdement, ouvrit une canette... une... deux gorgées... puis il s'allongea sur le flanc : les *Pils* seraient dégustées à la Romaine en cette après-midi bouillante ! L'image des banquets antiques lui procura un sentiment de puissance, de noblesse. Il sentit des frissons parcourir son corps... mais c'était peut-être aussi la fraîcheur revigorante de la *Pils*. Il eut vite mal aux côtes, il se rassit comme un trentenaire encrassé, avachi, jambes grandement écartées. La sensation de pouvoir fut intense mais brève. Le déclin occidental, accusa-t-il.

JKM saisit la télécommande (retrouvée la veille par hasard dans le bac à linge sale qu'il fréquentait peu. « Comment avait-elle pu atterrir là ? » se demanda-t-il brièvement. Peu importe... pas de place dans le cerveau pour se souvenir et aucune motivation pour enquêter). Il zappa avec frénésie. Les images défilaient, il n'écoutait qu'un instant sans même chercher à deviner quel programme était diffusé, changeait aussitôt de canal. Finalement, il s'arrêta sur la deuxième chaîne d'information continue. Le format n'était guère différent de la première : un plateau unique, un décor aux allures de cathédrale majestueuse, des débats répétitifs qui s'enchaînaient du matin au soir, et du soir au matin, avec rediffusions nocturnes, il devait même y avoir des *replays* sur internet, JKM n'était pas allé vérifier, il s'en battait joyeusement. Des logorrhées interminables animaient la messe, des experts, des spécialistes, des éditorialistes, des chroniqueurs, dont un en soutane (un prêtre ?), des journalistes – des stagiaires aussi sans doute, mais sur cette chaîne comme sur l'autre, c'était PAS CLAIR DU TOUT, JKM s'agaça furtivement. Bref un cortège de visages que JKM connaissait peu, il n'était pas resté devant cette chaîne depuis un bail et une date inconnue qui correspondait à la perte de la télécommande pour être exact. Tout pareil, donc, sauf les sujets traités : ici, on parlait immigration, arabes, immigration, racisme (anti-blanc), immigration, noirs, immigration, islamisme, immigration, grand remplacement, immigration (*bis repetita*)... des sujets aussi variés qu'un *coleslaw* tiède (pourquoi l'image du *coleslaw* lui vint-elle à l'esprit ? Il ne put se l'expliquer... cela aurait pu tout à fait être du céleri rave, des carottes râpées, mais certainement pas une piémontaise ou une macédoine, enfin c'était son avis). JKM trouvait que la parole était trop libérée sur cette chaîne, et le crucifix au-dessus du présentateur un peu superflu – tout comme le bénédicité religieusement récité à midi et à treize heures, puis à dix-neuf et vingt heures, au prétexte que les téléspectateurs français passaient à table. On s'autorisait à dire n'importe quoi, avec n'importe quels arguments, mais ça allait vraiment trop loin au goût de JKM. Lui non plus n'appréciait guère les Arabes, ils foutaient trop la merde dans la cité à ses yeux – et dans le pays tout entier, à en croire les polémistes, mais il n'était pas allé vérifier ; il se rangeait dans la catégorie des racistes *light*, racistes sans plus, pas très motivés. Mais quand même, polémiquer à longueur de journées sur ces sujets, à son humble avis, ils exagéraient. Oui, quelques barbus tentaient bien d'imposer leur projet politique d'islamisation, quelques voilées provoquaient, mais de là à transformer tous les musulmans en potentielle menace – terroriste, forcément – pour une République fragile et divisée, il y avait un gouffre, que la bêtise religieuse des intervenants comblait allègrement. Sur le plateau, ils adoptaient tous des têtes d'enterrement, qui rappelèrent un peu à JKM les obsèques de Johnny. L'un des invités paraissait indisposé par le brouillard d'encens que l'animateur diffusait avec un spray énergiquement pulvérisé à la moindre idée désagréable effleurée, alors que son voisin restait le nez planté dans son gobelet aux parois opaques. On ne devait pas sucer que de la glace sur le plateau, pensa JKM ! Il trouvait que la cathédrale lumineuse prenait des allures de bar à chicha, ou de bar à vin, il faudrait penser à associer les deux concepts imaginait-il, cela fonctionnait apparemment. Un sondeur aussi gracieux qu'une gargouille de cathédrale évoqua un compte à rebours inexorable, inévitablement fatal, déclenché depuis les années 1970. « Il parle bien », se dit JKM, ça lui rappela le catéchisme, et le père Dutrou. Amen. L'apocalypse n'était plus très loin, prophétisaient-ils, tous effrayés ! *Vade retro satana* hurla soudain une harpie mal coiffée complètement épouvantée. Interloqués un bref instant, les invités se signèrent avec ferveur puis reprirent leur croisade, comme si de rien n'était. On cracha avec virulence sur la gauche laxiste, le wokisme, un ministre noir, la *cancel culture*, l'intersectionnalité universitaire – salauds d'intellos, « les premiers à attacher au poteau, une balle dans la tête ! », s'emporta le journaliste d'un magazine réactionnaire, sans être repris par l'animateur convaincu qui opinait bêtement. JKM ne comprenait rien à tous ces griefs barbares, sauf peut-être la gauche laxiste, ça lui parlait un peu, et les débats décousus n'allaient pas l'aider à s'y retrouver, pas plus que les *Pils* qui commençaient à le chauffer sérieusement ; il en était à la septième, il buvait un peu trop vite, se dit-il. En revanche, JKM trouva la meute des fielleux moins triomphante, moins combative qu'avant la disparition de la télécommande (il ne parvenait toujours pas à resituer l'événement, et ses souvenirs commençaient vraiment à s'embrumer). La horde chrétienne sentait-elle la guerre civilisationnelle perdue, un peu comme les Romains au Ve siècle de notre ère ? Enfin, c'est ce qu'affirmait une intervenante BCBG au chemisier impeccable, ouvert sur une croix colorée XXL ; JKM ne pipait rien à la chute de l'Empire romain, à l'histoire en général et à la chronologie tout court. Il sentit un vent de fatalisme, assez contagieux sur le plateau. Les caméras filmaient à présent un carnaval assez désolant de tronches consanguines, grises et déconfites. Une nef de fous. JKM en était presque déçu, il devait être trop *light*, pensa-t-il. Le spectacle était nul comme une messe en latin. Quand le présentateur lança le traditionnel « allez en paix, dans la confiance », JKM s'était déjà assoupi, en position occidentale décliniste.

7

K2 réveilla JKM sur les coups de vingt-et-une heures. Il était entré sans sonner ni frapper à la porte, comme d'habitude. Il secoua JKM qui bavait, bouche grande ouverte sur le canapé, dans un ronflement digne d'un décollage d'Airbus A320, ou un autre modèle du genre, peu importe.

— Eh ! Réveille-toi Momo ! On dort pas à c't'heure là, c'est trop tôt !

JKM émergea péniblement, hébété. Il releva la tête, hagard, et se retrouva face contre face avec K2 : il avait trop fumé le Kévin, remarqua-t-il, ses yeux l'attestaient, rouges et globuleux. Question haleine, match nul.

— Pourquoi t'écoutes ces guignols racistes ? tempêta Kévin se saisissant de la télécommande (il zappa sur une émission de télé-réalité).

— Je sais pas, balbutia JKM en baillant bruyamment... Qu'est-ce que tu fous là ? continua-t-il, guère plus éveillé.

Kévin hésita un moment, le regard capté par l'écran. Une tigresse aux lèvres épaisses et aux seins rembourrés, se déhanchait avec énergie dans un maillot de bain minimaliste rose fluo. « Kenza, 21 ans, Vendeuse, Fos-sur-Mer » indiquait l'incrustation.

— Je... je peux dormir là ce soir ?

Il se triturait les doigts, les emmêlait, comme
font les enfants penauds.

— Vanessa m'a foutu dehors... avoua-t-il, apparemment désolé.

— T'as fait quoi ?

— Je sais pas, j'ai dû m'égarer...

Pour JKM tout devint clair. La lumière orange
et douce de la soirée, comme l'histoire de Kévin.
Il avait dû butiner un entrejambe étranger, explorer un eldorado inconnu, ouvrir un nouveau front
pionner. C'était une fâcheuse habitude chez Kévin, le playboy incontrôlable de la cité. Il menait
une vie de chasseur dans une forêt de béton. Elle
en avait bien du courage Vanessa, se disait JKM, à
pardonner les écarts de K2. Pour les enfants, sans
doute, encore très jeunes. Ce soir, elle irait au
temple évangélique, niché dans la cave du bâtiment F, prier et chanter des heures durant, demander à Dieu de remettre son *lover* de Kévin sur
les rails. Elle trouverait du réconfort auprès de sa
communauté, autour d'un gâteau et de sodas gla-
cés ; ça fonctionnait très à l'américaine chez les
évangélistes, comme dans les téléfilms à la télé. Ce

soir, JKM accueillerait son pote Kévin, qui demain retournerait au foyer, honteux, avec de plates excuses et la promesse de ne pas recommencer. Vanessa le croirait, et rendez-vous au prochain épisode.

On sonna à la porte. JKM s'y traîna, tête lourde, corps engourdi. C'était Paulo.

— Y a pas de steaks ! l'accueillit JKM, lui tournant le dos. Et bonsoir.

Le livreur s'engouffra dans le petit appartement, un peu excité.

— Oh ! K2, qu'est-ce que tout fout là ? T'as encore fauté mon salaud ?

Kévin gardait la tête basse. Il ne disait plus rien. Les pétasses siliconées de la télé-réalité ne l'intéressaient même plus (en apparence). JKM était exaspéré par la capacité de Kévin à se muer en victime et à vouloir partager sa peine avec ses potes. Paulo tapa avec vigueur sur l'épaule de K2.

— T'inquiète, elle te connaît Vaness' ! Elle sait bien que t'es con comme une bite ! Demain, des excuses, une petite rose, même en plastoc, et *basta*, on passe à autre chose !

Paulo eut le sentiment d'avoir résolu le problème, fier de lui tel un diplomate de l'ONU. Il tomba lourdement dans le canapé à côté de JKM, lui collant direct une main sur la cuisse.

— Mon Momo, j'ai besoin de bras demain. Un déménagement. T'en es ?

JKM se dégagea d'un « je suis pas pédé ».

— Non... je ne suis pas dispo, poursuivit-il.

— Comment ça, pas dispo ? rétorqua Paulo en haussant un peu la voix. T'es là toute la journée à rien branler... À bouffer mes impôts ! ajouta-t-il en levant un doigt réprobateur.

Il était libéral le Paulo, tendance reaganienne *hardcore* : dans son guide du bon chef d'entreprise capitaliste, un pauvre était une feignasse, point barre. JKM trouva cependant Paulo bien gonflé : il bossait au black, ne payait pas un centime de charge sociale, n'acquittait aucune facture, même pas celle de la cantine de sa fille. Il devait en être à sa dixième ou onzième société de livraison en redressement judiciaire ou en faillite ; dans la dernière procédure, à peine vieille de deux semaines, le tribunal l'avait gratifié d'une interdiction de gérer toute entreprise pendant cinq ans et de quelques mois de prison avec sursis pour escroquerie, ou abus de bien social, JKM ne se souvenait plus exactement. Alors son baratin libéral, il pouvait « se le carrer dans le cul, hein ! et bien profond ! », pensa-t-il. Dans les faits, JKM ne dit rien, il préférait bouillir intérieurement, c'était son style, celui des héros qui font la révolution dans leur cuisine ; et puis il était parfaitement conscient que la main épaisse et lourde de Paulo sur sa petite tronche livide aurait pu lui coûter quelques dents. Alors, dans ces moments, savoir intérioriser était une vraie qualité. De son côté, Kévin avait repris du poil de la bête : à présent, il sifflait les petits culs bronzés et tatoués qui dodelinaient avec volupté sur l'écran. « Popopopo ! » se permettait-il bruyamment. Sa peine s'était vite évanouie.

Paulo ne lâchait pas JKM.

— Tu vas venir bosser demain, je te le dis ! J'ai besoin de toi !

JKM ne répondait plus, le regard perdu dans un vide intersidéral ou bien sur le cul bronzé et tatoué de Kenza, qui décidément se donnait à fond pour ses colocataires d'une villa dubaïote inondée de soleil. JKM lui-même ne savait pas ce qu'il regardait en réalité (au contraire de K2), il souhaitait juste que Paulo le laisse tranquille. Intérieurement toujours, cela va de soi. Mais le livreur n'allait pas abandonner sa proie comme ça, et continuait à harceler JKM avec un menaçant « t'as intérêt de te pointer ! », un plus doux « tu verras, c'est bien payé, deux heures de taf max, cinquante balles, MI-NI-MUM » et, pour finir, un moqueur « Tu pourras t'acheter des steaks ! » accompagné de rires gras et d'une monumentale tape sur la frêle cuisse de JKM qui tressaillit aussitôt.

Une rafale de coups de sonnette libéra JKM de son tortionnaire : il sauta du canapé comme un pilote s'éjecte de son avion de chasse en perdition. Il fit vite, mais la sonnette retentit encore plusieurs fois. C'était Chouf, très enjoué, regard brillant, enfin c'est ce qu'il lui parut, on ne voyait pas très bien la comédie qui se jouait derrière des verres fumés.

— T'as entendu ? J'ai joué la *Marseillaise* avec ta sonnette ! Pas mal, non ?

JKM haussa les épaules, dépité, puis bifurqua directement à gauche, vers la cuisine, où il s'envoya aussitôt une *Pils* de désespoir, cul sec.

8.

Les souvenirs de la soirée étaient confus dans
l'esprit de JKM. Il avait bu toutes les *Pils* du frigo,
dépassant allègrement sa prescription personnelle
de dix comprimés quotidiens. Il savait pourtant
que, dès la onzième canette, le lendemain serait
brumeux, la langue pâteuse collée au palais. Il détestait ça. Il s'entraînait depuis des années pour
enquiller dix *Pils* par jour, et pas une de plus. De
ce point de vue, JKM se considérait presque
comme un athlète de haut niveau : il se comparait
volontiers aux footballeurs professionnels préparés
toute la saison pour jouer quatre-vingt-dix minutes et pas une de plus. Dès qu'ils devaient engager une prolongation pour un match de coupe, ils
s'effondraient vite et mettaient des jours à se remettre d'une remontée aiguë d'acide lactique. Eh
bien pour JKM, professionnel de la *Pils* (au mitan
de carrière, dans son sport, on pratiquait plus
longtemps qu'au football), c'était pareil ! Dès la
onzième *Pils*, il n'espérait plus émerger avant
treize voire quatorze heures, le temps que l'éthanol s'évanouisse (un peu). Ce jour-là, ce fut plutôt
seize heures. Faut dire qu'il avait salement exagéré
la veille. Et K2 avait roulé de formidables pétards,
incroyables cônes remplis d'une beuh fraîche et
fruitée, robe magnifique, mais sans doute trop
chargée en THC. « De l'azerbaïdjanaise », avait

prétendu K2 en tirant de sauvages bouffées (il avait des trucs à oublier, il fallait vite s'échapper vers un monde fantastique). Azerbaïdjanaise, il faisait son malin le Kévin. Il ne savait même pas où c'était l'« Azerbaïdjanie », JKM et les autres non plus du reste. Ils avaient débattu un moment sur la question : Afrique ? Moyen-Orient ? Peut-être un État des États-Unis, proposa Paulo, « il y en a tellement des États des États-Unis ». Personne ne chercha à vérifier, et l'Azerbaïdjanaise les emporta vite. Délicate en bouche et ravageuse dans les narines, elle fracassa tout le monde dans l'heure qui suivit les premières taffes. Chouf avait longuement conversé en tête-à-tête avec la cuvette des toilettes, Paulo s'était éclipsé sans que personne s'en aperçoive. Chouf et JKM se lancèrent vaguement à sa recherche, dans l'immeuble d'abord, puis sur le parvis du *Promo*, en vain. Ils braillaient « Paulo ! Paulo ! », une voisine horripilée leur renvoya d'aimables « vos gueules les connards ! » de plus en plus stridents, tels des cris d'orfraie. Chouf et JKM s'en rentrèrent agacés et bredouilles, tout en offrant une ultime bordée d'insultes obscènes à la vieille bique, JKM ne savait plus très précisément lesquelles, mais il se souvint que, comme chaque fois en des circonstances épiques, Chouf avait une imagination débordante, il savait être très vulgaire, ça les faisait bien toussoter. À leur retour (Chouf dégueula entre le premier et le deuxième étage), ils trouvèrent K2 allongé en croix à même le sol, à poil, pavillon affalé. K2 releva légèrement la tête : « c'est vous mes petits poussins ? J'ai chaud, putain, j'ai chaud », et il sombra presque aussitôt dans un sommeil profond.

La suite ? *Blackout* complet. Rien. *Nada*. Pas d'image, pas de son. JKM ne se souvenait plus comment il s'était couché, tout habillé, ce que Chouf était devenu, en tout cas, il n'était plus dans l'appartement, il n'avait sans doute plus rien à raconter à la cuvette, se dit-il. K2, lui, était toujours là, même position, même croix. Il avait une terrible érection, dure et vigoureuse ; on voyait les veines palpiter le long de son chibre. JKM s'assit sur le rebord du lit. Il contempla longtemps d'un regard tendre l'appareil de son pote et les petits soubresauts qui l'agitaient. K2 gémissait, la beuh avait dû le téléporter dans un harem de vicieuses. « Waouh, quel engin quand même ! » pensa JKM. Il se ressaisit, interloqué, « je suis pas pédé », et chercha la salle de bains. Il lui fallait une douche, bien fraîche comme une *Pils*.

K2 n'émergea pas avant dix-huit heures. Le son de la télé cognait fort dans sa tête. Vol. 14, comme toujours, et malgré la réapparition miraculeuse de la télécommande, JKM s'était habitué.

— Tu peux pas baisser un peu la ? implora K2.
J'ai le crâne défoncé.

Il plissait les yeux.

— Il est quelle heure ?

Il consulta son téléphone.

— Putain ! Six heures ! Oh ! Momo ! Tu m'as
pas réveillé ! Elle va gueuler Vaness'!

JKM ne répondit rien, « je suis pas ton père »,
pensa-t-il. K2 s'habilla vite et fila, claquant la
porte derrière lui. JKM le suivit. Le *Promo* fermait
dans moins d'une heure, il fallait recharger, pour
soigner le mal par le mal. La promotion sur les
Pils était finie et le prix de la plaquette avait bondi à 9 €99. « Enfoiré de Guidon ! » pensa JKM. Il
souffla de dépit, mais il n'avait pas le choix, il devait traiter son affection longue durée. Il erra ensuite un moment dans les rayons quand un éclair
de lucidité lui rappela la date : on était jeudi, il
déclencha l'« alerte Paulo » et se dirigea directement vers le rayon porc, où il opta pour une barquette de sauté de porc à – 80 %, DLUO expirée
de deux jours. « Deux jours, ça passe », se dit-il, il
suffirait de faire bouillir un peu plus longtemps la
viande, surtout les morceaux verdâtres. Avec ses
rabais sur les produits périmés, Guidon-le-hors-la-
loi prétendait apporter son écot au pouvoir

d'achat des plus précaires. Il se considérait comme le bon samaritain du quartier avec toutes ses promotions moisies. Il ne jetait quasiment rien, ses poubelles étaient les plus propres de la cité. Et comme les services de contrôles sanitaires ne s'aventuraient jamais dans les forêts de tours, il ne risquait pas grand-chose à brader de la camelote presque pourrie, cet enfoiré de Guidon.

À la caisse, JKM le remercia pour l'incroyable ristourne, un brin obséquieux. Il se demanda aussitôt pourquoi il jouait au sympathique, alors que Guidon venait de l'enfler sur les *Pils*. Presque dix balles les douze, mazette ! Quand certains se souciaient de l'évolution du prix de l'essence, JKM scrutait avec attention le cours de la *Pils*. En ce 2 août, la cote d'alerte était atteinte.

9.

Trois jours. Il fallait tenir encore trois jours, et les caisses étaient vides, ou presque, comme celles de *Finances pour Tous*. JKM se demanda comment il avait pu en arriver là, lui le comptable expert, le prévisionniste hors pair. Où avait-il pu bien échouer ? Quelle dépense hasardeuse l'avait plongé dans l'incertitude de la fin de mois ? La mésaventure des steaks de Paulo ne suffisait pas, à ses yeux, à expliquer la déroute. Il se torturait l'esprit. L'idée de tomber du fil le rongeait un peu. Puis il pensa aux croque-morts en cols blancs de *Finances pour Tous*. Pas de quoi culpabiliser ! Si les grands argentiers de la République étaient à sec, pourquoi le modeste JKM ne pourrait-il pas l'être, hein ? Sans emploi, survivant des minima sociaux au troisième étage d'un minable immeuble défraîchi d'une cité oubliée, il avait le profil du type fauché. Et puis au moins, il ne subirait pas les reproches expédiés tels des missiles par des agences de notation arrogantes et paternalistes qui brandissaient la menace d'une dégradation. « Ouh là là, on tremble », fanfaronnait JKM en toussotant. Il n'avait pas de note, et il ne comprenait rien à ce système de lettres. Tout cela n'était pour lui que les règles d'un jeu auquel il n'était pas invité à participer, et dont le ruissellement l'avait transformé en victime.

JKM fit toutes ses poches, investit les tiroirs,
ouvrit l'armoire, avec la frénésie du chasseur un
dimanche de septembre. Il fureta dans des recoins
insolites, sous le frigo, la cuisinière, explora des
replis guère explorés, tel ce bac à linge sale qui re-
celait semble-t-il des trésors, une télécommande
en tout cas, retrouvée dans les strates supérieures :
les tréfonds cachaient peut-être de bonnes sur-
prises, qui sait ? JKM passa une bonne partie de
la journée ainsi, à quatre pattes, debout sur une
chaise, allongé sous le lit, vautré derrière le canapé. Il tourna tant qu'il eut l'impression à un moment de redécouvrir son trente mètres carrés, de
vivre coup sur coup une visite, une contre-visite et
une contre-contre-visite comme on dit dans les
émissions immobilières avisées de la télé. Qu'il lui
semblait grand, ce vaste studio, cuisine, salle de
bains (sans double vasque), W.-C. séparés (important ça apparemment pour les candidats du poste,
ne pas se laver dans les effluves des chiottes),
256 €/mois charges comprises (eau, chauffage
compris) avec tous ces lieux étroits et reculés, ces
recoins perdus tels des cavernes mystérieuses où il
ne s'aventurait pas et dont il avait même oublié
l'existence. « Un palais ! » s'exclama-t-il à un moment, après la septième *Pils* du jour. « Tu
m'étonnes, toute cette poussière ! » À plusieurs re-
prises, il s'imagina se perdre dans un dédale sans
sortie, avant de comprendre qu'il tournait en rond.

JKM se dit qu'il ne devait exploiter que quinze, vingt mètres carrés au pire de cet immense ensemble. Que d'espace perdu ! Il lui serait moins coûteux de trouver un appartement plus petit (comme les pingouins cravatés de *Finances pour Tous*, il cherchait tous les postes budgétaires où il pourrait opérer des coupes salvatrices). Et puis il pensa aux démarches fastidieuses pour déménager, faire la queue des heures durant à *Habitat pour Tous*, remplir des dossiers longs comme le bras, renseigner les mêmes formulaires comme si le bailleur n'avait jamais entendu parler de vous, presque s'excuser d'être pauvre et de mendier un logis, attendre des mois, voire des années pour une réponse hasardeuse... Bref, il renonça presque aussitôt. « Va pour le palais ! » lança-t-il à voix haute. Il eut soudain des frissons, la sensation d'être le roi d'un fief trop grand. Il était déjà un peu bourré, aussi.

La battue fut maigre. En bon chasseur dépité, JKM se consola avec deux *Pils* enquillées à la chaîne. Il rassembla sur la table basse la monnaie glanée. Il érigea des piles comme Buren élève ses colonnes. Il se prit pour un grand architecte de l'Antiquité, un Vitruve ou un Imhotep (il tenta une pyramide, en vain). Il joua ainsi un moment avec les piles de pièces, avant de se rendre compte qu'il errait, comme un gosse de cinq ans avec ses Kapla... Un court instant de honte plus tard, il reprit sa construction, méthodique : une pile « grosses pièces », les euros, une autre « utile », les pièces jaunes (« Elles sont pas pour toi la vieille ! Ha ! Ha ! Ha ! » se dit-il goguenard, toujours à voix haute), une dernière pile « merdique », les pièces oranges et crasseuses. Pas de billet à l'horizon, que de la mitraille, des piastres oxydées. JKM compta, recompta, de tête évidemment, se trompa, reprit, dénombra, recalcula, il se perdait. Il espéra un instant que les surdiplômés jabotés de *Finances pour Tous* étaient mieux outillés, que de puissants ordinateurs chinois les assistaient, ils administraient un peu plus d'argent que lui quand même. JKM manipulait tant les pièces qu'il se crut vite embarqué à une table de casino, grande et spacieuse comme son palais, peuplée de joueurs talentueux et expérimentés, des bluffeurs, des tricheurs, dissimulés derrière de grandes lunettes noires. « *Check* ! » lança l'un d'eux. Il était à Las Vegas ! Non, non, à Macao, dans la fièvre moite d'Asie ! C'était plus exotique, et les croupières sans doute plus sexy. L'idée l'excita, il tressaillit. Il tenta des *shuffles*, les pièces virevoltaient entre ses doigts fins comme les jetons dans la main d'un joueur de poker stressé. Ça cliquetait ! Il était de plus en plus survolté. *Chip Tricks*, *Back Twirl*, JKM tenta les plus belles figures, comme à la télé. Il échouait, ramassait les pièces par terre et recom-

mençait, il n'en réussit pas une, forcément. « Rien
ne va plus ! Les jeux sont faits ! » hurla-t-il. Il vibrait. La nuit tombait. Et personne autour de sa
minuscule table basse pour relancer. Vertigineuse
redescente. Il suffoqua. « Mon Dieu qu'il fait
chaud ! »

De guerre lasse, JKM arrondit son calcul. 18 €.
Bien loin des 30 € indispensables à une fin de pé-
riode comptable sereine. De quoi acheter
22,5 *Pils*, estima-t-il. Guidon lui ferait-il une ristourne exceptionnelle, bon prince ? Une promo
sur la promo. Fallait pas trop compter là-dessus,
« Enfoiré de Guidon ! » Pour la bectance, il avise-
rait. Il haussa les épaules, dépité. Il but la dixième
canette réglementaire puis se coucha, exténué.

10

J–2. JKM devait s'occuper. Il lui fallait sortir, se libérer de la tentation, car il sentait les *Pils* le narguer. Les petits cylindres métalliques le toisaient depuis leur coffre-fort réfrigéré, désirables, alléchants. JKM devait échapper à la douce routine, malgré toute l'affection qu'il éprouvait pour la régularité que celle-ci lui offrait, les automatismes, le confort, bref, la sécurité – un droit constitutionnel, non ? enfin c'est ce que racontaient des bleus-blancs-rouges à la télé. JKM devait se soustraire à la dictature de la *Pils*, attendre seize ou dix-sept heures pour ouvrir la première et s'engouffrer dans son tunnel au sombre horizon. Le précieux train-train en prendrait un coup, mais la précarité, encore plus puissante, lui imposait de prendre des décisions. Il ne se sentait pas seul, les calculettes sur pattes de *Finances pour Tous* n'avaient-elles pas décidé d'abolir les réceptions au champagne « au vu du contexte économique difficile » ? JKM n'avait pas trop l'habitude, ni la volonté en réalité, de prendre des décisions. Il se laissait porter, guider par une boussole, la *Pils*, son pilier, son totem qui scandait sa journée, comme les comprimés rythment l'agonie d'un grand malade. À J-2, depuis le réveil, plus matinal que d'habitude, « comme par hasard ! », pesta-t-il les yeux encore mi-clos, il se sentait désarmé, encore plus fragile que d'ordinaire, quasiment déshabillé. Voilà, à poil. L'image lui parla aussitôt, il frissonna. Il était nu le roi chétif du grand trente mètres carrés, un domaine trop vaste pour son ridicule pouvoir (d'achat).

Vêtu de son tee-shirt franchement taché, d'un bermuda ample et de tongs de plage (les mêmes, il n'en avait qu'une paire en fin de vie), JKM sortit de chez lui assez tôt, sur les coups de neuf heures. Il croisa des visages que son planning décalé ne lui donnait pas l'occasion de rencontrer. Il fut agréablement surpris de constater que des Vietnamiens, ou des Cambodgiens, pas facile à dire, un couple de vieux bridés en tout cas, avaient emménagé au premier étage de l'immeuble. Il marmonna un timide « ni hao », pas loin d'exécuter une courbette obséquieuse, comme il avait vu dans les films ; les Asiatiques rentrèrent à la vitesse de l'éclair dans leur pagode et son brouillard d'encens, comme effrayés. « Toujours aussi aimables les Chinetoques ! », pensa fort JKM. Il passa devant le *Promo*, salua d'une main molle Guidon, qui triait un cageot de tomates, « on la connaît ta technique Guidon, tu masques les défauts ! » Le gérant ne répondit pas, il n'avait sans doute même pas remarqué la silhouette frêle et livide qui venait de le dépasser. JKM poursuivit jusqu'au parc Patricia-Kaas, où des gamins basanés escaladaient par la face nord le toboggan sans échelle. Leur mère, vautrée dans l'herbe éparse, telle une baleine échouée sur la plage, compulsait avec frénésie son téléphone portable. JKM se demanda combien il en fallait de grossesses et de marmites de mafés pour en arriver à cette corpulence dégoulinante. À peine l'idée lui traversa-t-elle l'esprit, qu'il s'excusa en son for intérieur, « pardon madame, pardon ». Il se le répéta plusieurs fois, contrit. JKM était sincère, il trouvait que son racisme *light* s'exprimait un peu trop librement en cette matinée à la température déjà pesante. Le thermomètre allait exploser ce jour-là, le bulletin météo de la télé l'avait dit, le soleil confirmait.

JKM suivit le sentier qui longeait le parc, tourna à gauche en direction du *Rond-Point*. Il se dit qu'il irait y voir Cindy, la vendeuse du Point Chaud, puis renonça. La flemme. Il manquait de carburant. Il trouva quand même qu'il renonçait souvent ces derniers temps. Il bifurqua alors vers la petite place Doc-Gynéco qui languissait, déserte, près de l'agence *Jobs pour Tous*, à la frontière de son royaume. JKM venait là de temps en temps, pour le banc ombragé encore intact, et la boîte à livres. JKM n'était pas un grand lecteur, mais il appréciait, parfois, pas trop souvent quand même, venir s'asseoir et lire des passages de livres que les riverains avaient déposés dans la *microbi-*

bliothèque (c'était écrit dessus). Ils poussaient un peu à la mairie d'appeler ça ainsi, enfin c'était son avis. La vraie bibliothèque, la BGM, Bibliothèque Guillaume-Musso, se dégradait à trois arrêts de bus de la cité. JKM n'y allait jamais, trop loin, évidemment. Sa dernière visite remontait au CM2, ou peut-être à la classe de sixième, le souvenir était confus, et il s'en balançait, il ne cherchait pas la précision chronologique dans sa vie globalement approximative. La cité pouvait remercier l'Union européenne pour le don de la *microbiblio-thèque* (c'était écrit dessus aussi). Tu parles d'un don, un poteau métallique surmonté d'une boîte en pin, ça avait dû leur coûter bonbon aux peigne-culs de Bruxelles ! Chouf aurait pu faire la même pour dix balles, et peut-être en plus joli, il bricolait pas mal, Chouf. Une association de quartier un peu vindicative avait critiqué l'implantation du somptueux cadeau bourgeois à de « médiocres incultes indigènes ». Elle parlait d'entrisme culturel, d'« acte colonial », JKM ne comprit pas tout, mais il trouva que les militants exagéraient. La boîte fut détruite trois fois, remplacée trois fois (le bourgeois est têtu), la municipalité coupa la belle subvention que l'ancien maire écolo-coco avait généreusement accordée à l'association rebelle, le temps passa et tout le monde oublia qu'une magnifique microbibliothèque offerte par l'Union européenne se prélassait sur la place Doc-

Gynéco, surveillée depuis les dégradations par des caméras flambant neuves.

La culture livresque de JKM se limitait aux trésors de la boîte à livres (il était bien plus calé en télé). L'offre était assez misérable. JKM s'en foutait, il lisait de tout, histoire de tuer le temps, il ne retenait pas grand-chose, et en ce jour chaud et à sec, il en avait terriblement besoin. Il appréciait surtout la diversité des bouquins abandonnés : un livre de cuisine turque (*Kepab à toutes les sauces*), une Bible des Gédéons, les souvenirs d'un homme politique oublié de tous, une anthologie du football soviétique (il trouva les joueurs CCCP guère sympathiques, avec leur regard de glace et leur mâchoire féroce et anguleuse, étaient-ils cannibales ?), un Coran sauvagement annoté d'insultes racistes, quelques romans un peu cuculs, des histoires de comtesses qui craquent pour leur séduisant chauffeur ou pour un palefrenier du village mieux membré que les canassons de son écurie ; dans ces bouquins écrits gros, les costumes changeaient mais les intrigues pas trop, ça rappelait un peu à JKM les films indiens. Au cœur de cette jungle de livres, aussi bigarrés que la population d'une ZAD, il appréciait surtout les livres d'un certain Marc Levy, un auteur new-yorkais (c'était mentionné au dos, « vit à New York ») qui écrivait en français (« la classe ! » pensa-t-il, impressionné).

Plongé dans des extraits de *Et si c'était vrai* (il manquait pas mal de pages), JKM s'oublia et ne vit pas l'heure passer. Quand l'autobus de l'usine automobile dégueula les ouvriers harassés, il comprit que dix-huit heures sonnaient, l'heure de la quille. Il rentra déterminé. Les *Pils* narquoises allaient regretter leur arrogance matinale.

11

À son retour, il avala avec peine les escaliers des trois étages. Au sommet de son ascension, JKM tomba sur Cindy du Point Chaud, affalée contre sa porte, avec l'élégance d'un paillasson désœuvré. Elle mâchouillait énergiquement un chewing-gum monstrueux. JKM pensa aux mandibules soviétiques. Il esquissa un sourire, de joie ou d'embarras, c'était pas clair, un sourire vaseux en somme. Il pensa aux *Pils*, forcément, elles devraient attendre, les pauvres. Enfin, peut-être.

Le salut fut bref, sans un mot. L'un comme l'autre n'étaient pas bien bavards, question de caractère. Cindy suivit son roi dans le palais trop vaste. Elle posa son sac sur le canapé, comme d'habitude, se déshabilla, comme d'habitude, puis se glissa sous les draps, comme d'habitude, où elle s'abandonnerait en princesse fidèle et soumise. JKM ne vit rien de ce rituel, pressé d'aller gnaquer deux *Pils* fraîches et consentantes. Bon, elles n'avaient pas trop le choix, les rosses, pensa-t-il, moqueur, elles l'avaient trop nargué du haut de leur forteresse glacée, imprenable depuis l'aube, elles étaient à présent encerclées, cernées, elles ne pourraient plus lui échapper. La princesse se languissait, sous son plaid, mais elle savait son roi aux prises avec des démons qu'il lui fallait vaincre à tout prix, le fief était en danger ! Une fois le combat gagné, le prince victorieux la rejoindrait, il l'honorerait et, peut-être, ferait-il d'elle la reine d'un royaume franchement trop vaste.

Dans la vraie vie, après la sixième joute *pilsienne*, le roi s'assoupit par terre dans la cuisine, légèrement pompette, mais triomphant d'une bataille épique, alors que la promise, impatiente, avait commencé à s'honorer elle-même (un peu trop bruyamment au goût de son prince, exténué).

Vers minuit, JKM se réveilla en sursaut, comme si l'alerte venait de retentir aux portes du royaume. C'était la sonnette hurlante. Il rampa vers l'entrée, avec l'impression d'être vêtu d'une cuirasse de plomb et d'un heaume trop lourd qui l'empêchaient de se relever – ça fracasse des *Pils*, Alc. 4,8 % vol. Le chevalier harassé, d'une voix faible, lança :

— Oyez qui va là ? (enfin, il lui sembla qu'il dit un truc de ce genre).

— Hey, Momo ! Je peux dormir chez toi ce soir ?

JKM reconnut la voix surexcitée de K2. Il souffla, tremblant.

— Non... non... c'est pas possible, Cindy est là !

Dépité, Kévin-le-vassal tenta un désespéré « J'ai
un peu d'azerbaïdjanaise... » avant que le silence
du seigneur ne l'invitât à rebrousser chemin. JKM
ferma à double tour par précaution, comme on re-
lève un pont-levis. Il éteignit les lumières, puis re-
gagna son donjon, où la princesse nue ronflait
avec férocité.

JKM releva le drap et contempla sa promise. Il
caressa les seins ronds et larges de la captive, elle
frémit un instant entre deux vrombissements en-
roués. Le roi laissa ses mains chevaucher les val-
lons de sa dame, emprunter les voies les plus ar-
dues, les cols ; elle était quand même bien joufflue
la prétendante, se dit-il, formée comme une gui-
tare, ou bien comme un luth, ça sonnait plus
moyenâgeux, mais il n'était pas tout à fait certain
des contours précis de cet instrument, pas plus
d'ailleurs que de ceux de sa dame callipyge. Les
doigts du preux écuyer s'aventurèrent dans
l'épaisse forêt humide, avec prudence, comme des
cavaliers pénètrent des bois hostiles. La princesse
tressaillit. « Oh Momo, tu es venu te coucher ? »
gémit-elle dans un semi-sommeil, avant de se précipiter sur son roi. Le téméraire JKM comprit qu'il
était fait comme un rat, l'embuscade était imparable ; il devrait se soumettre au sauvage appétit
de sa Cindy du Point Chaud. Seigneur tout chose
d'un domaine devenu volcanique, telle une pénin-

sule islandaise, JKM capitula dès les premiers as-
sauts, ébahi et satisfait.

12.

Les draps étaient chauds. JKM passa la main sur son domaine, désert. La princesse s'était enfuie. On allumait tôt les fours au *Rond-Point*. Beaucoup plus tôt en tout cas que les onze heures trente qui sonnaient le décollage *pianissimo* de la fusée JKM.

J–1.

Pire journée du mois. Peut-être même de l'année. Rien, plus rien. Plus à sec, il n'y avait que le Sahara ou n'importe quel désert extraordinairement aride de la planète. JKM se souvint d'un désert en Iran, montré à la télé pour ses températures extrêmes. Le reporter, un rouquin complètement cramoisi, en chemisette trempée, suivait une équipe de scientifiques surexcités à la recherche de traces de vie dans un milieu hyper hostile. Il avait l'air de souffrir ce pauvre Tintin... JKM ne comprit pas si c'était la chaleur qui l'embarrassait, ou bien la fréquentation d'attardés mentaux, qui, malgré tous leurs beaux diplômes, se comportaient dans la morne étendue de poussière et de roches comme des gosses lâchés à Disneyland. Ils couraient dans tous les sens, survoltés. L'un d'eux huma le sable torréfié comme on sent le plat d'un restaurant étoilé, quand son collègue goûta sans hésiter ce qui lui parut être un végétal ; il le recracha aussitôt en soufflant comme une cheminée d'usine, « bien fait pour ta gueule ! » commenta JKM sur le moment. Le rouquin était finalement incapable de révéler au public si la vie hantait cet écosystème paisible, il lui faudrait encore passer quelques jours avec des kangourous à lunettes pour conclure. JKM avait oublié le nom du désert persan, mais après tout, pourquoi connaîtrait-il le nom d'un désert paumé dans des contrées hostiles alors qu'il ne savait même pas comment s'appelaient ses voisins ? En vérité, il se moquait autant de ce désert que de ses voisins, et encore plus du Tintin vermillon. La sécheresse de l'un ou la froideur des autres ne changerait rien à sa situation lamentable. La journée serait longue, une veillée d'armes sans fin, sans combat à mener, et fatalement sans victoire. On s'ennuie terriblement dans ces moments vides. Rien à faire. Tourner en rond. Somnoler devant un poste de télé où les nouvelles étaient devenues subitement douces et superficielles, des histoires de parcs d'attractions, de météo resplendissante, du soleil, et encore du soleil. Même pas un orage pour exciter le landerneau des stagiaires journalistes. Bref, un ennui national avait pris le pouvoir. Si on faisait semblant de s'amuser sur les plages brûlantes, de bronzer comme une côtelette sur un barbecue trop chaud, ou encore de s'extasier en léchant une glace payée trois fois son prix réel, dans les appartements surchauffés de la cité on s'impatientait gravement. Noyé dans sa sueur, JKM bouillait sur le canapé. Il remarqua sur l'écran deux-trois bikinis mal ajustés, des tétons pointus qui tentaient de s'enfuir d'un textile tyrannique, il avait un don pour remarquer ce genre de choses, un grand observateur, il aurait fait un bon casque bleu, pensa-t-il, scruter des horizons belliqueux en tuant le temps, il savait faire ça, scruter et tuer le temps. La température montait. 35° au thermomètre, 78,2° ressentis, comme dans ce désert iranien du bout du monde. Il lui sembla qu'il devenait rouge comme une chaudière mal réglée. Il s'essaya à des exercices de respiration que la ronde Cindy lui avait appris pour se détendre, « la sophro, ça fait du bien ! » prétendait-elle. Il interrompit l'expérience rapidement, il avait l'impression que la température montait davantage encore.

Chaque minute qui passait lui semblait aussi interminable qu'un film d'art et d'essai en noir et blanc. Il en avait vu quelques-uns, plus jeune, lors de nuits de solitude trop longues ; malgré ses efforts, limités, faut pas pousser quand même, il les trouvait sincèrement assomants et incompréhensibles. À un moment, peut-être vers midi trente, ou quarante-cinq, JKM se demanda si le gouvernement n'avait pas décidé dans la nuit, en catimini, de passer la minute de soixante à quatre-vingts secondes, voire à quatre-vingt-dix, ou plus. C'est toujours dans l'obscurité d'une nuit chaude et incertaine que l'on prend les décisions les plus révolutionnaires, en petit groupe (mais pour tout le monde), à la lueur d'une loupiotte faiblarde. « Bande de salauds ! » lança-t-il, un doigt agité pointé vers l'écran, où une publicité pour un détergent, ou peut-être une lessive, promettait des miracles. Il pensa alors à son tee-shirt autrefois immaculé et qui ressemblait à présent à une carte de la Cisjordanie, avec en rouge des colonies israéliennes qui s'étendaient un peu plus après chaque repas steak haché – riz – petits pois – carottes à la sauce tomate. Inexorable avancée. Même l'incapable ONU n'y pouvait rien, alors pourquoi le bidon survendu dans le poste télé y pourrait quelque chose, hein ? JKM déraillait, la *Pils* lui manquait. Il savait qu'il devrait attendre encore plusieurs tours d'horloge pour entamer la première des cinq canettes qui le défiaient depuis leur oasis réfrigérée.

Vers quatorze heures, complètement désespéré, il en vint presque à espérer une visite inopinée de Paulo ou de Chouf, histoire de le divertir un peu, de transformer l'ennui en une expérience collégiale, *chorale* comme on dit dans les films de copains. En somme, partager sa peine. Paulo et Chouf, les bouffons du roi dans son palais démesuré. Mais JKM savait qu'ils trimaient, eux, l'heure n'était pas à la rigolade ou au farniente. Pire journée de l'année, vraiment... voire de la décennie (aucun souvenir plus brûlant et aride ne lui revint à l'esprit) ou du siècle (il se le dit, mais ne pouvait juger en réalité, n'ayant même pas atteint la moitié de ce pénible chemin, « la vie, c'est pénible », pensa-t-il, hébété). Ses pensées se perdaient dans des sentiers escarpés et incertains, qui s'apparentaient de plus en plus à un essai imbitable de philosophie, ou d'une discipline tortueuse, peu importe en fait, il s'égarait. Bref, JKM n'y comprenait plus rien lui-même. Il ne pouvait déterminer si la chaleur exceptionnelle (la télé le disait) était en cause, ou bien si son abstinence contrainte lui faisait perdre la raison. Soudain, il s'emporta, il en voulait à la terre entière, il se mit alors à insulter en son for intérieur, tel un rappeur enragé sur une scène immense, tous les visages qui lui vinrent à l'esprit : la voisine ridée, ménagère de plus ou moins cinquante ans (il faudrait vraiment lui demander un jour), les jaunes de la pagode embrumée du premier, Guidon, cet enfoiré qui refusait les crédits, le stagiaire de l'écran (enfin, c'était toujours pas clair, stagiaire ou journaliste ?), Paulo, vraiment trop con celui-là, les costumes-cravates des parallélépipèdes clinquants et leurs pimpantes secrétaires, de l'autre côté du canyon, les évangélistes qui braillaient du Jésus à toute heure

de la journée, la présentatrice météo qui annonçait encore plus de chaleur, K2, avec sa poutre
palpitante, encore plus con que Paulo, les Pakos
dans leur taxiphone moisi (la photocopie à 0,60 €
quand même, mon Dieu !), les Ivoiriens du marché
et leur alloco trop frit, le maire et ses adjoints qui
n'entraient dans le quartier qu'une fois par man-
dat, comme des chasseurs à la recherche de voix,
Cindy du Point Chaud, oui, Cindy la petite coquine qui ne se pointait que quand son four était
chaud, Manu, le collègue de Cindy, un petit
maigre surexcité aux grands yeux bleus, les agents
de *Jobs pour Tous* (plus incompétents, tu meurs... au
fait, c'est un métier ?), les assistantes sociales,
tristes et maternalistes (et surtout mal baisées), les
banquiers qui jonglaient avec du fric qui ne leur
appartenait pas (JKM avait beaucoup d'idées à ce
sujet, mais pas de pognon), les chauffeurs de bus
patibulaires, les croupiers de Macao, les contrôleurs de bus, cowboys des grands chemins, les flics
municipaux ricardisés, les cantonniers pastisés
(grand débat dans les troupes communales, ricard
ou pastis ?), le concierge de l'immeuble, qui passait la journée à fumer des joints devant des *replays* de MMA (il s'en fichait de l'immeuble, mais
il avait un totem d'immunité : la carte de tra-
vailleur handicapé), la mère du concierge qu'il invitait à aller se faire niquer joyeusement (et pourquoi pas l'insulter elle aussi ? d'ailleurs, avait-il

encore sa mère ? Il faudrait là aussi se renseigner, ou pas, parce qu'en fin de compte, tout le monde s'en tapait). « Ça, c'est du *clash* » lança-t-il à voix haute, surexcité et fier, comme s'il venait d'inonder de bonheur des milliers de fans qui auraient payé pour assister à sa diatribe dynamique et rythmée, « quel *flow* ! », JKM le *king* du *clash* ! Popopopoooo ! Quand soudain surgit dans son esprit le visage de Chouf, avec son regard triste et froid derrière ses verres fumés. Chouf, le type le plus sympa du quartier, le fidèle ami. Le *flow* s'interrompit, robinet fermé, fin du spectacle. JKM se rassit, épuisé de sa performance, le poing du vainqueur levé.

13.

Se lever tôt. Descendre les escaliers avec une dé-marche de champion, torse bombé, menton haut, re-gard d'acier, à la soviétique. Vaguement saluer un voisin qui sort sa poubelle, presque lui tendre sa main pour qu'il la baise. Donner un grand coup de tatane dans la porte battante de l'entrée de l'immeuble, ah non, pas la peine, un laquais est là, désœuvré, prêt à ouvrir avec déférence le pont-levis au King du clash, *« mon Seigneur ! », et moult courbettes du valet qui vont avec, évidemment. « Quel branleur ce Momo quand même ! », lancent des gamins assis face au* Promo, *qui lèvent les yeux de leur téléphone portable, gaillards. « Le roi du troisième étage ! », reprend le plus fluet du groupe, « faut respecter le Boss ! », ajoute-t-il, franchement fayot. JKM entre au* Promo *comme une superstar de rock s'empare de la scène, triomphant, la clientèle l'acclame, « Momo ! Momo ! Momo ! » Les groupies frappent des mains à tout rompre, « Momo ! Momo ! Momo ! », quel boucan ! Sortis de leur cave sombre, les évangélistes rejoignent l'attroupement avec une ferveur démesurée, ils ap-plaudissent en rythme : « Jésus ! Jésus ! Jésus ! », « non, c'est Momo », sermonne Vaness', et les mission-naires de reprendre avec une passion décuplée : « Moooomo ! Moooomo ! Moooomo ! » Guidon, der-rière sa caisse, a les larmes qui montent, il fera une belle ristourne au roi du quartier, il s'y engage devant*

81

Un rayon de soleil frappa JKM en plein dans les yeux. Il était dix heures, peut-être onze, peu importe en fait. J–0, le Jour J quoi, la libération, la délivrance, la fin de la précarité. Les compteurs étaient remis à zéro, JKM pourrait reprendre son traitement, sa routine, revoir Chouf, offrir un steak à Paulo, héberger K2 une nuit ou deux. La vie reprenait, elle lui paraissait presque belle, insolente. JKM était à deux doigts d'envisager des projets, aller retrouver Cindy au Point Chaud du *Rond-Point* par exemple, plaisanter avec son collègue Manu qui sautillait en permanence, les mains tremblantes. Mais il se ravisa vite : les minima sociaux tombaient, il n'était pas le seul vainqueur du jour, il y aurait un monde de dingue dans le temple de la consommation. « Elle va en vendre des baguettes, Cindy ! » se dit-il, encore affalé sur son canapé défoncé. Sa rêverie durait. Il ne vit pas midi passer, même pas treize heures. Il se crut perdu dans le désert iranien, errant tel un songe-creux. Il pensa qu'il pourrait se faire plaisir avec un petit vin chilien, un *Frontera*, il en vendait le Guidon, pas trop cher, dans les quatre ou cinq euros. C'était un budget, mais la paie solidaire était tombée, il fallait contribuer au ruissellement (JKM aimait bien cette expression, même s'il n'en avait pas compris tous les tenants et aboutissants). Les assistés allaient injecter leur fortune dans le système, relancer la machine, la frénésie s'emparerait des grandes surfaces pour une dizaine de jours, pas plus, le quinze du mois tout le monde serait à sec dans la cité. JKM n'était pas de ces dispendieux, c'était un peu sa fierté, il savait tenir un budget, prioriser les dépenses, établir son *business plan* du mois avec une rigueur quasi protestante. Mais dans les deux ou trois premiers jours d'après le renflouement, il aimait participer lui aussi au ruissellement, succomber à l'excitation ambiante, juste histoire de se dire « ça va mieux ! » Il apportait sa contribution à un mouvement populaire et rassembleur comme un carnaval joyeux et ensoleillé. Il se sentait moins seul, presque intégré à un groupe, limite à entonner à tue-tête des « Jésus ! Jésus ! Jésus ! » exaltés. Il se retint, évidemment. Car il connaissait la suite de l'histoire, c'était toujours la même. Il ne fallait pas trop s'emporter. Un pauvre ça s'emballe très vite, ils le disaient dans le poste de télévision. Avec les allocations, le pauvre il achète des écrans plasma 4 K, il craque pour des vêtements de marque, il oublie de nourrir ses gosses, il paie pas la cantine... Bref, il fait n'importe quoi le pauvre une fois les poches remplies. Il faut le recadrer, le raisonner, l'instruire. JKM se demandait à chaque fois où ils allaient prendre leurs informations les stagiaires de la télé. Il n'avait pas vu un écran surdimensionné dans la cité et la contrefaçon bas de gamme habillait tout le monde. Mais bon, blâmer le pauvre ne mangeait pas de pain, et le pauvre ne dirait rien, au contraire, il culpabiliserait, puisqu'on lui disait jusque dans le poste qu'il faisait franchement n'importe quoi avec le pognon de la nation. « Mais quelle honte ! » s'égosillait un ministre au crâne d'œuf, commentant le versement d'une prime pour la rentrée scolaire. Il fallait flécher les dépenses, les contrôler ânonnait-il devant un journaliste (ou un stagiaire) qui opinait comme un *maneki-neko* agite sa patte dans un restaurant chinois. « Je vais les flécher mes dépenses », renvoya JKM à la tête de bite par le truchement du poste, « tu vas voir, on va aller à l'essentiel, le kit de survie ». Il enfila son tee-shirt cisjordanien presque entièrement colonisé et descendit au *Promo*, sûr de son pouvoir de ruissellement. Il prit un charriot pour l'occasion, c'était la fête, non ? Il fit le plein de *Pils*, de steaks surgelés, de riz, de petits pois-carottes et de sauce tomate. À la caisse, il sortit sa carte bleue, une Mozaïc, celle des ados à qui la banque n'autorise pas de découvert, il avait la même depuis plus de vingt ans. JKM demanda à Guidon le surplus livraison, en grand seigneur, punaise ça ruisselait, il toussota de rires. Harassé par le flot de *cash* qui l'inondait depuis l'aube, Guidon lui rétorqua d'aller se faire voir, il croyait crécher où pour avoir un service de livraison ?

JKM se retrouva devant le *Promo* avec un charriot chargé et trois étages à grimper. Il se demandait comment il allait faire quand un puissant et rauque « Momooooo ! » l'interpella.

14.

C'était Byzance. La *Pils* coulait à flot, pas de contrainte d'horaire : *Pils* au réveil, *Pils* qui accompagne la pitance du jour, *Pils* tout l'après-midi. Il trouva à un moment qu'il exagérait un peu, mais bon, « *Pils* ? Parce que t'as soif ! », c'est ce que disait la lumineuse canette, non ? La soirée fut plus calme, JKM était franchement bourré, pas loin d'avoir doublé son traitement. Mais la cuite était belle et douce, consentie et assumée. Une cuite en toute liberté, en roue libre, une délivrance, JKM dévalait la pente de l'acceptable, à toute berzingue, il s'enfonçait dans des profondeurs insondables, peuplées de rêves colorés, d'hallucinations grandioses (Disney n'avait qu'à bien se tenir) et de pensées très philosophiques, mais il ne s'en souvint pas... un « mais c'est qui le père de Dieu ? » lui resta cependant à l'esprit. Il se dit qu'il irait voir les groupies de la cave, ils devaient savoir, eux, ils avaient réponse à tout, ou bien Jésus leur dirait, « il est le petit-fils, non ? » Plus tard viendraient les songes érotiques, des trucs jouissifs et improbables, toujours en groupe, genre colonies de vacances thème partouze.

La nuit tombait sur la cité, drapée dans un ample manteau orange. Une chaleur accablante rendaient les épaules plus lourdes. Des scooters faisaient chanter leur pot percé sur le parvis du *Promo*, un boucan monstrueux, on entendait à peine la télé ! Un voisin se plaignit. Trois cailloux pleine face lui répondirent, il capitula. Un peu plus tard, un coup de gomme-cogne retentit, pas très loin, à deux ou trois bâtiments de là. Un silence inquiet s'empara du quartier... quelques instants... puis le bordel reprit, avec ferveur. Fausse alerte. Au G, la soirée congolaise hebdomadaire démarrait en trombe. La sono balançait une suave rumba ou un ndombolo déchaîné, JKM ne put reconnaître, la *Pils* lui faisait perdre le sens du rythme (effet secondaire indésirable, ils pourraient l'écrire sur la cannette, se dit-il, sont pas sérieux quand même ! faut une notice !). Enfin, ça faisait boum boum, les murs devaient trembler dans le G. Les chants endiablés des enfants de Jésus, à côté, c'était du pipi de chat. Au loin, un gyrophare bleu balayait la pénombre, il ne s'approcherait pas trop de la cité à cette heure de la nuit. Le ciel grondait. JKM aimait bien quand les éclairs piquaient la torpeur du soir, tel un néon en fin de vie. Ça lui rappelait les étés à la montagne. Il y était allé quelques fois, avec sa grande sœur Brenda, fermement invités par le service social de la ville. Des colos bien pourries, avec les pires gamins du quartier qui, eux aussi, n'avaient pu se soustraire à l'obligation du grand air estival. Les souvenirs remontèrent, douloureux. Chaque jour était un bizutage, féroce et impuni, parfois encouragé par cette salope de Brenda, le genre de collégienne à sucer pour deux euros à la récré, la parfaite petite pute (trente ans plus tard, elle était encombrée de six gosses tous plus débiles les uns que les autres et d'un mari pénible et menteur ; elle ne devait plus sucer grand-chose la Brenda, pensa JKM, presque satisfait). Le soir, sous la tente, quand les tortionnaires abrutis dormaient, le tendre JKM restait à attendre la pluie et l'orage, dans l'espoir d'entendre le tonnerre se fracasser sur les parois raides des pics, qui se renvoyaient le majestueux vacarme, partie de ping-pong des cieux, entre géants. Blotti contre la toile humide de la frêle guitoune, JKM tremblait, il avait souvent peur, mais il pensait qu'affronter le tohu-bohu céleste l'endurcirait. Il se trompait. Il le comprenait dès le lendemain. Et chaque roulement dans le ciel lui rappelait qu'il n'était qu'une fiotte dans la cité, le petit chose chétif, que l'on pouvait baffer avec plaisir en toute impunité. Il en prenait des torgnoles le JKM, et des belles ! Lourdes, puissantes, blessantes. La parenthèse désenchantée avait duré jusqu'à la fin du collège. Dans la cité ou à la montagne (une fois à la mer, elle avait plus de pognon la ville cette année-là), il en prit plein la gueule. Et puis tout se calma, presque par miracle. Les sadiques bourreaux avaient disparu du paysage les uns après les autres, les petits

joueurs enfermés dans des centres éducatifs ver-
doyants et fleuris, les vrais durs en prison où ils
devaient s'éclater dans un *remake* de « Vis ma vie
de JKM ». La plupart ne reparurent jamais dans le
quartier, à l'exception de Paulo. Après quelques
mois d'internat dans une campagne paumée, il revint excité comme toujours, mais brisé et craintif.
JKM le perçut dès son retour, un doux soir d'été,
dans son regard d'adolescent vacciné. Paulo ne raconta rien. Plus jamais il ne leva la main sur JKM,
au contraire, il devint une sorte d'ange protecteur,
un ami fidèle et sincère (assez pénible cependant).

La nuit s'étirait, JKM trouvait la *Pils* de plus en
plus délicate, onctueuse, elle descendait bien. Les
Congolais envoyaient du (très) lourd alors que les
scooters se turent, à sec. Des gamins chahutèrent
encore un bon moment devant le *Promo*, avant
qu'une escouade de voilées ne vint les ramasser
un à un. L'heure sonna de mettre la viande dans
le torchon. Sacrément éméché, JKM se coucha
apaisé, comme si un lendemain glorieux l'attendait.

15.

Il est des matins plus difficiles que d'autres, surtout au lendemain d'une héroïque joute contre dix-sept *Pils* de 50 cL, Alc. 4,8 % Vol. (JKM les compta juste avant de rejoindre son domaine froissé). Huit litres et demi quand même ! Il se demandait toujours où ça pouvait bien aller tout ce liquide. Certes, il urinait beaucoup, mais jamais il n'eut l'impression la veille d'avoir pissé huit litres et demi, l'ordre de grandeur ne lui parlait pas. JKM se réveilla donc la tête lourde, la bouche comme pleine de plâtre, il sentit une puissante fatigue le retenir, presque l'attacher au lit, alors qu'il avait dû dormir une douzaine d'heures, enfin il ne savait pas trop l'heure du coucher, pas plus que celle du réveil, mais on devait être en début d'après-midi, la cité frémissait, agitée, et un soleil extravagant déversait de larges rayons chauds et soyeux par la fenêtre grande ouverte. JKM ouvrit les yeux avec peine, ça clignotait plus qu'un stroboscope. Il releva péniblement la tête, mon Dieu, quel poids ! Elles étaient peut-être là les *Pils*, concentrées dans son encéphale, c'est une éponge ce truc. Les murs dansaient autour de lui, insaisissables, le plafond tournait sur lui-même comme une toupie, il lui parut si haut, mais bon, rien d'anormal pour un château, hein ! Las, JKM referma les yeux, rien ne pressait, le guerrier avait

91

droit au repos, le combat reprendrait en soirée, il savait ses ennemis nombreux et déterminés, mais ceux-ci ignoraient sa témérité. Bref, ce genre de réveil plombé invitait à remettre *sine die* toute tâche urgente, à annuler les rendez-vous du jour, bon, il s'en moquait un peu, il n'avait pas de rendez-vous, il n'en avait jamais en fait, même pas à *Jobs pour Tous*, où ils avaient tout informatisé, y compris les rendez-vous personnalisés. JKM goûtait peu ces conversations obligatoires et convenues avec Djamila une intelligence artificielle pénible, elle faisait tout répéter plusieurs fois, elle avait peut-être un souci d'audition Djamila, ou bien était-elle tout simplement conne comme ses pieds, va savoir, avec l'intelligence artificielle on peut tout reproduire, même les pires fonctionnaires, et à *Jobs pour Tous* une armée d'incompétents, aux rangs de plus en plus clairsemés, à cause des Djamila, Sophie, ou Mariama, était à la manœuvre pour le plus grand bonheur du sieur Chômage qui n'avait jamais été aussi gras et répugnant depuis les chocs pétroliers.

Personne n'attendait JKM, on ne pensait à lui nulle part, il était complètement libre, plus encore qu'un oiseau pensa-t-il : il ne serait pas obligé de migrer vers des contrées plus douces une fois l'automne évanoui ou d'hiberner dans un tronc sec, à l'abri de la lumière froide. « La vache, pas facile d'être un oiseau ! » se dit-il plein de compassion, les yeux piquants. Alors pourrir au lit ne ferait de mal à personne et surtout pas à JKM et à son encéphale noyé. Il rôtit ainsi tout l'après-midi.

16.

Vers dix-huit heures, JKM émergea après un sommeil sans rêve. Il fut étonné de sa forme, il se sentait frais et reposé. Il ouvrit une *Pils* pour fêter ça, c'était la moindre des choses. Les hostilités commenceraient, le champ de bataille pouvait être investi. Il se sentait fort le JKM !

Il alluma la télévision. Ses oreilles grincèrent aussitôt. Il siffla de surprise, ça hurlait dans le poste ! *Madre de dios* ! et ce n'était pas la faute du vol. 14 ou de retraités empourprés (ils s'étaient résignés à accepter des créneaux *shopping* qui leur rappelaient les horaires de bureaux de la vie active, l'idée leur plut finalement, c'est versatile un *boomer*). Sur l'instant, JKM ne comprit pas tout. D'humeur badine, presque joyeux, il n'était pas concentré. Entre deux *Pils,* il entendit des termes qui électrisèrent son encéphale sauvé des eaux : « assistés », « revenu social », « contrepartie », etc., bref, il saisit que l'on parlait de lui, parmi d'autres. Il fut soudain comme pétrifié devant son écran, une cannette à la main qu'il peinait à porter à la bouche (elle se réchauffait, la garce). « *Madre de dios* » souffla-t-il, estomaqué, sur un ton jésuite. Un peigne-cul comme la télé en invite tant, costume cintré, petites lunettes rondes, débitait un flot d'insanités à l'endroit des pauvres, les « profiteurs du système social à la française ». Avec son petit air sérieux, ou coincé, et sans contradiction (le stagiaire opinait bêtement), il faisait autorité. JKM frémissait. Mais que lui voulait-on ? Il n'avait rien demandé, il ne dérangeait personne, il menait sa petite vie, morne et minable, c'était incontestable, mais pas si malheureuse en fin de compte. Alors pourquoi venait-on le déranger, lui promettre par la contrainte un avenir radieux ? Qu'en savait-il ce trou de balle des désirs de JKM, hein ? Il était venu lui demander au troisième étage du bâtiment B de la cité Mc-Solaar ? Non, personne ne s'y était présenté, hormis des potes invasifs et des évangélistes fanatiques à la chasse aux ouailles. « *Madre de dios* », répéta-t-il (son vocabulaire devint assez limité), avant trois gorgées pilsiennes amples, chaudes et âcres annonçant une avalanche qui mettrait le roi en difficulté sur son propre fief. Le désespoir s'empara de JKM, conquis par un sentiment de fin du monde. Il se sentit projeté dans un futur trouble et hasardeux, loin de ses repères, comme happé par un gouffre sombre et sans fond. De la science-fiction pour lui. Bref, c'était la fin... Tout à coup, JKM se leva, galvanisé : « Mais il est où Michel Tube ? » Il pensa que l'expert rondouillard viendrait à son secours et au soutien de ses congénères, les « assistés », les « profiteurs ». Ces mots le frappaient fort, aussi durement que les grandes beignes qu'il recevait plus jeune dans la cour d'école, JKM se sentait agressé. Il fut rapidement sonné, comme un boxeur au terme d'un premier *round* haletant. Il était prêt à renoncer au combat, à abdiquer. Jeter l'éponge. Il comprit que Michel Tube ne viendrait pas en Zorro de pacotille, les profiteurs seraient seuls et démunis face à des hordes acharnées, la lutte serait inégale. Silencieux et impuissants, ils seraient rapidement submergés par des vagues de haine et de mépris, ils fuiraient le champ de bataille en désordre, affolés, ils iraient se cacher dans les bois, se blottir au cœur de broussailles épineuses où personne ne viendrait les débusquer. Puis, à la nuit tombante, épuisés et résignés, ils viendraient se livrer, avec leur dignité comme seul armure, même si dans ce genre de situation elle ne sert pas à grand-chose la dignité d'un assisté, à peine à garder la tête haute et les épaules un peu vaillantes.

JKM comprit donc que dès la rentrée de septembre, essoré par un été bouillant, il devrait des heures à la collectivité en contrepartie de son gras revenu social, quinze ou vingt heures d'exploitation (« et pourquoi pas trente-cinq heures payées douze tant que vous y êtes les bâtards ? »), la décision n'avait pas encore été arrêtée dans les grands bureaux froids de *Finances pour Tous* où les fossoyeurs se demandaient où placer le curseur, en d'autres termes jusqu'à quelle limite douce et folle ils pourraient anéantir un ennemi déjà dévasté par une vie aux allures de champ de ruines. On écrase bien les fourmis avec des bottes, non ? Bref, aux yeux du monde, JKM-le-profiteur avait une dette, énorme, monumentale, abyssale. Un têtard vindicatif, d'extrême-droite, ou bien de centre-gauche, on n'y comprenait plus rien à l'échiquier politique, prétendait que les pauvres volaient la société, rien que ça, et qu'ils devaient rembourser la nation. La solidarité avait un prix. Il bavait franchement n'importe quoi, avec une assurance déconcertante embrumée de postillons. JKM s'agaça sur son canapé fripé.

Pourtant, c'était quand même pas mal vendu leur truc, hein ! plein de bons sentiments, il fallait le reconnaître. JKM le concéda, amer et vaincu. Les annonces dégoulinaient de bienveillance paternaliste. On lui refourguait du rêve dans le poste, un « accompagnement social et professionnel » dans lequel seraient impliqués « l'ensemble des acteurs locaux de l'insertion », JKM se sentit presque soutenu, il ne marcherait plus seul, épaulé par une armée mexicaine de travailleurs sociaux, bigarrés et pittoresques, munis de leur morgue, et de pas grand-chose d'autres. Mais dans un sursaut héroïque, bien qu'au sol et sévèrement amoché, il se ressaisit, virulent. « J'ai rien demandé ! », répéta-t-il en boucle, face à un écran qui multipliait les attaques, massives et blessantes. Avantagées comme toujours, avec tous leurs privilèges excessifs, les sangsues handicapées gavées de passe-droits n'étaient pas concernées par « le dispositif innovant de retour à l'emploi » (traduction : le servage). JKM regretta un court instant d'avoir encore toutes ses facultés, il aurait bien sacrifié un bras ou une jambe pour échapper à la réquisition, puis il se dit que la vie n'aurait pas été pratique au troisième étage sans ascenseur. « De toute façon, j'irai pas », marmonna-t-il en buvant une énième gorgée de bière, ce plaisir majuscule. Puis il entendit que des sanctions le menaçaient, on promettait le pire aux rebelles, un soldat ukrainien était davantage à l'abri dans sa tranchée, apparemment. Un ministre à l'accent de cigale brandissait la suppression pure et simple du colossal pécule solidaire des profiteurs. JKM tressaillit, comme si un obus venait d'éclater à ses pieds. Il se sentit encore plus à poil qu'à poil, décharné. Les Congolais auraient pu jouer du balafon sur ses côtes dévoilées. « J'irai... », conclut-il dépité, lançant un ultime « *madre de dios* », sur un ton révolutionnaire, comme un point final. Il s'effondra devant son canapé, sur les deux genoux, il implora de le laisser tranquille. Il s'essaya au signe de croix, mais il ne savait plus comment on faisait ces choses-là, il n'avait pas trop insisté sur la pratique le père Dutrou. Doucement, JKM se releva, irrité. Il éteignit le poste de mauvais augure, puis il avala autant de *Pils* qu'il put, jusqu'à en vomir rageusement ses entrailles. Il ne voulait pas voir le lendemain.

DEUXIÈME TEMPS

**17.

Il sembla à JKM qu'une armée de marteaux-piqueurs défonçaient avec allégresse le parvis du
Promo. Le concert ne s'arrêtait pas, rythmé et
plein d'allant, un truc bourrin, genre symphonie
militaire. Les solistes se succédaient avec virtuosi-
té, les caisses claires et les cymbales tapaient fort !
Madre de dios ! Les paupières de JKM étaient
comme collées, incapables de laisser passer la lumière du jour, il ne réagissait pas, mais le bruit le
dérangeait, assurément. Il ne savait plus trop où il
pouvait bien être. Dans son lit ? Derrière une bar-
rière aux Champs-Élysées un 14-Juillet ? La viande
était encore bien saoule, imbibée, comme un cuis-
seau de sanglier faisandé dans un bain de vin
rouge, avec ses aromates, évidemment. Pourtant,
l'appartement baignait dans un soleil qui se déversait sur des lames de parquet brillantes, comme le
grand écrivain new-yorkais Marc Levy aime à
l'écrire. Bon, chez JKM la réalité était différente de
celle d'un loft américain de *Greenwich Village* ou
de *Tribeca*, l'ambiance était sensiblement moins
cossue (mais tout aussi rythmée, merci les marteaux-piqueurs) : un linoléum jauni et affreuse-
ment décrépi s'étendait sur tout le domaine du
troisième étage du bâtiment B de la cité Mc-Solaar. Les secousses des engins gagnèrent en intensité, telle une symphonie qui s'emballe pour un fi-

nal de feu. Quel orchestre ! Ça devait défoncer en bas ! Ce n'était plus des travaux, mais une destruction. JKM bavait sur son oreiller, bouche béante. Un épouvantable mal de tête secouait son encéphale inondé, la crue de *Pils* mettrait du temps à redescendre, la cote d'alerte avait largement été dépassée, pire qu'une crue d'automne dans une vallée de montagne. Ça tapait fort, maintenant, très fort, sourdement, et les marteaux-piqueurs survolaient un vacarme désenchanté. JKM se dit que des pelleteuses s'emparaient du parvis, comme on prend d'assaut un territoire hostile, peut-être attaquaient-elles les fondations du bâtiment. Mais il restait irrémédiablement scotché à son inconfortable matelas, quand, brusquement un vif et long « Momooooooo ! » l'invita à réagir (lentement). Il était à présent presque réveillé, mais il tanguait sévèrement, la houle secouait le grand corps frêle qui tentait de rejoindre la face nord du fief (la porte).

JKM ouvrit. À peine la porte entrebâillée, Chouf surgit, excité.

— T'as vu les infos ?

JKM ne réagit pas. Aucune force. Cerveau indisponible.

— Ma frangine a reçu plein de textos ce matin,

tu les as eus aussi ? continua Chouf, franchement
agité. C'est des grands malades !

Il tournait en rond dans le séjour-chambre-salle
à manger-espace détente du vaste fief. JKM le rejoignit avec peine et s'affala sur son lit aux draps
chauds et humides. Il tenta de reconstituer le
puzzle. Gwladys, la sœur de Chouf, une petite
joufflue d'un quintal au bas mot, vivait échouée
sur un clic-clac défoncé depuis trois décennies. Le
naufrage remontait presque à la naissance, elle
n'avait guère été assidue à l'école. Chômeuse professionnelle, profiteuse sans égale, elle menait une
vie assez comparable à celle de JKM, mais sans
Pils, sans sexe (se masturbait-elle ?), sans amis.
Une vie sans piment en somme, ou de merde, ça
dépend du point de vue. En frère aimant, Chouf la
ravitaillait, avec ses moyens limités. Il dormait
parfois chez elle pour la réconforter, un vrai soutien pour une famille réduite à peau de chagrin.
Gwladys demeurait son seul lien du sang, les can-
cers et les accidents s'étaient occupés de tous les
autres membres de la dynastie, alors que le
brillant frère de Suisse avait coupé les ponts avec
la cité depuis que les billets l'arrosaient dans la
joie et l'allégresse.

— C'était quoi ce bordel en bas ? s'inquiéta
JKM. Ça m'a réveillé. J'entends plus rien là.

— Hein ?

— Ouais, les travaux, les marteaux-piqueurs, les pelleteuses... y a un chantier au *Promo* ?

Chouf resta pantois.

— Y a rien en bas, regarde toi-même à la fenêtre. Mais ça fait dix minutes que je sonne et que je savate ta porte, t'as dû confondre... T'en as pris une bonne hier soir ?

« Une carabinée ! » murmura JKM d'une voix éteinte. Il se releva pour aller arracher au réfrigérateur une *Pils* glacée comme un corsaire aborde un galion espagnol de retour des Indes occidentales, sans pitié ni complaisance. Il sentit la bière infâme s'engouffrer dans tous les canaux de son corps pour gagner son encéphale à la vitesse de l'éclair, elle connaissait le chemin. Une remise à flot salutaire. JKM retourna dans la grand-salle pour enfin écouter Chouf.

— T'as regardé ton tél ? Toi aussi tu les as eus leurs SMS ?

JKM chercha son téléphone, il ne savait plus où diable il avait pu le poser. Il n'utilisait qu'avec la plus grande parcimonie son vieil appareil, une brique finlandaise sans *design* ni fonctionnalités. Faut dire que le forfait à 2 € ne lui offrait que

deux heures d'appels par mois et une cinquan-
taine de mégaoctets pour surfer sur la toile. Une
misère. L'opérateur facturait les dépassements de
façon indécente. L'utilisation devait fatalement
être à la hauteur des ambitions démesurées du
formidable forfait, c'est-à-dire minable, mais dans
l'éco-environnement, cela ne dépareillait pas.
Dans les faits, JKM ne se connectait qu'une ou
deux fois par mois, juste pour compléter son état
de situation sur le site de *Jobs pour Tous* et bavas-
ser, si besoin, avec Djamila-la-Virtuelle. Il s'autorisait quelques images porno quand il était riche en
datas, mais la plupart du temps, le spectacle était
offert par Paulo et son dernier smartphone califor-
nien.

Au terme d'une recherche brève et quasi miraculeuse, JKM retrouva sa brique finlandaise dans
le bac à linge sale (une mine d'or, décidément),
abandonné au fond de la poche du pantalon porté
le mois auparavant. Trente-deux messages attendaient avec impatience que le propriétaire de l'appareil daigne les lire (trente-et-un messages de
Djamila et de sa clique) ou les écouter (un message vocal de sa mère, qu'il effaça sans même en
prendre connaissance). Il consulta vaguement les
anciennes notifications, pour se concentrer sur les
dernières :   Djamila   le   convoquait   pour
« construire son plan de réinsertion par le travail,

conformément aux annonces du gouvernement ».
Pour être certaine d'être bien comprise, cette salope aux ordres avait envoyé pas moins de cinq
textos, depuis 22h34 la veille jusqu'à 9h37. C'est
con un assisté, il faut lui répéter les choses pour
qu'il comprenne. À peine le téléphone en main,
une nouvelle notification s'afficha sur le minuscule
écran, puis une deuxième, à quelques secondes
d'intervalle. Un vrai bombardement, on n'était pas
loin du harcèlement (ça devait bien se plaider au
tribunal, mais bon, faudrait y aller, et c'était pas
la porte d'à côté). JKM comprit que l'affaire était
sérieuse et surtout urgente, le genre de sommation
séance tenante. Il pressait aux autorités d'envoyer
une armée de bras gratuits servir la nation. Mobilisation générale ! Comme en 14 ou en 39. La survie avait un prix, la fameuse dette. Il faudrait faire
don de soi, verser sa sueur, se sacrifier.

— Alors, tu les as ? appela Chouf, resté dans la
pièce d'apparat.

JKM le rejoignit, sonné. Décidément, il en prenait des coups ces derniers jours.

— Djamila veut me voir, répondit-il, déconfit.

— Elle peut pas Gwladys, elle peut pas, se la-
menta Chouf. Elle peut pas. J'irai les faire les
heures à sa place s'il faut, elle peut pas, elle...

Il marqua une pause, ému. JKM aperçut une buée grandissante envahir le regard perdu de Chouf. Dans ce genre de circonstances, la tristesse ne se cache pas, pas même derrière des verres fumés. JKM aurait aimé réconforter Chouf, mais il ne savait comment faire. Le prendre dans ses bras ? Lui donner une tape plus ou moins virile sur l'épaule, une tape de sincère camaraderie ? Il hésita longuement, puis renonça, se contentant d'un vague et désespéré « on trouvera bien une solution ». JKM n'y crut pas lui-même, mais si personne n'entretient l'espoir, autant se jeter par-dessus les murailles spectaculaires du donjon sis au troisième étage du bâtiment B de la cité Mc-Solaar.

Un silence long et pesant s'installa, rassurant. Chouf enquillait les vidéos débiles et bruyantes sur son téléphone portable, alors que JKM dégommait de façon programmée et méthodique les *Pils* soumises. La pénombre gagnait la cité quand ils décidèrent d'aller au parc Patricia-Kaas, passer un peu de temps sur leur banc, étirer la soirée, peut-être manger la nuit à regarder le grand canyon s'agiter et les parallélépipèdes ennemis s'éteindre les uns après les autres.

18.

Djamila était vraiment insistante. Elle devait en être à son onzième ou douzième message en deux jours. « C'est beaucoup », pensa JKM encore à la vape en ce jeudi guère moins brûlant que les jours précédents. Il était quatorze heures et un brouha-ha sans fin s'engouffrait par les fenêtres ouvertes du domaine. Assis dans son lit, dos au mur, une cannette à la main, JKM prit le temps de lire les messages de la *miss* Djamila. En fait, des *miss*, il y en avait plein. Une ribambelle de prénoms signait les textos : outre Djamila donc, la titulaire, l'indispensable, l'incontournable Djamila, JKM recensa, dans l'ordre, Corine, Léana, Davina, Leïla et une petite nouvelle, Fatoumata. Il n'avait jamais vu de message paraphé par Fatoumata. Il pensa à l'opulente caissière du *Promo*, mais il se dit que cela ne pouvait être elle, avec toutes les heures qu'elle accomplissait sous les ordres de Guidon-le-Tortionnaire, elle ne pouvait cumuler à *Jobs pour Tous*. Et puis les Fatoumata, c'est pas ce qu'il manquait dans la cité et ses semblables voisines. JKM lut donc les messages, tous identiques les uns aux autres. Il comprit qu'il aurait pu arrêter la salve en répondant un simple « OUI » pour avertir qu'il acceptait la prise de rendez-vous avec un conseiller *Jobs pour Tous*. Il aurait pu aussi répondre « STOP » au risque cependant de se voir privé de

111

son indigne pécule. Le risque était trop grand. Il apprit plus tard que Gwladys le fit sur les conseils de Chouf, basculant ainsi entièrement à la charge de son frère. Aux yeux de la société, elle n'existait plus. Chouf multiplia les heures supplémentaires au *Rond-Point*, on le vit de moins en moins dans le quartier, il était claqué, mais sauver sa sœur n'avait pas de prix. Pour sa part, JKM n'avait personne pour subvenir à ses besoins. Il évitait sa mère, snobait sa cloche de sœur, et il ne pouvait demander à Cindy du Point Chaud de régler charges et *Pils*. Il ne la voyait pas beaucoup, ne savait pas où elle habitait. En pensant à elle, il se rendit compte qu'il ne connaissait même pas son nom de famille. Cindy « du Point Chaud », nom d'occasion à particule, avait remplacé un patronyme sans doute fort honorable. Il lui demanderait un jour, se dit-il, on ne peut pas se faire sucer deux ou trois fois la semaine par une inconnue quand même, ce n'est pas raisonnable.

JKM répondit « OUI » aux onze ou douze messages reçus, histoire d'être sûr d'avoir accompli son devoir. Le numéro lui parut spécial, avec quatre chiffres, il devait être surtaxé, son somptueux forfait 2 € en prendrait un sacré coup, c'était certain. Djamila fut réactive : elle l'invita pour le lendemain, quatorze heures, à l'agence la plus proche, celle près de la place Doc-Gynéco.

JKM fut rassuré, presque soulagé. Il imaginait déjà le pire : on l'enverrait à l'autre bout de la ville dans l'autre officine pour assistés, il croiserait des visages inconnus et hostiles ; une demi-heure de bus voire trois-quarts d'heure aurait de surcroît été au-dessus de ses forces. JKM se posait un tas de questions. Cela faisait si longtemps qu'on ne l'avait pas invité. Il n'était pas dupe, il savait que l'invitation était en réalité une convocation voilée, et que l'injonction de ramener sa fraise serait plus virulente en cas d'absence à la première sauterie programmée. Que Djamila et sa bande de *miss* soient rassurées, JKM n'était pas du genre à se soustraire aux obligations, en bon patriote résigné. Il irait, contraint et forcé, mais il irait. Il ne voulait pas de problèmes, il tenait trop à sa bourse solidaire et à son trépidant mode de vie pour prendre le moindre risque. Il se disait qu'on ne lui demanderait peut-être pas la lune, que quelques heures d'activité lui feraient du bien, pourquoi pas, mais il avait comme un doute.

Toujours accroché à son lit, JKM alluma son poste de télévision. Le Vol. 14 agressa ses tympans aussitôt, mais la magie de la télécommande lui permit d'adoucir l'ambiance de quelques degrés. Un syndicaliste criait à la honte absolue alors qu'une députée émoustillée le piquait de saillies inaudibles et de sous-entendus pour initiés, JKM n'y comprenait rien, le stagiaire non plus apparemment. Il passa sur la succursale catholique. Vacances obligent, le présentateur vedette était remplacé par un prêtre, ou bien était-ce un évêque ? « C'est quand même pas le pape ? » se demanda JKM, abasourdi, tout en se disant qu'il n'y connaissait rien aux couleurs des maillots de la *team* catho. Quoi qu'il en soit, dans une ambiance chargée de morgue et d'encens, l'ecclésiastique et ses ouailles aigries préféraient s'attarder sur une attaque au couteau d'un OQTF délirant plutôt qu'au pauvre sort des profiteurs assistés. Le sujet importait moins lui sembla-t-il. JKM fut déçu, c'était vraiment devenu une chaîne de daube. Il revint alors en arrière sur sa chaîne favorite, et, divine surprise, Michel Tube était réapparu. Alléluia ! La désillusion fut immédiate, il n'arrivait pas à en placer une le Casimir à la cravate orange, ça hurlait franchement fort. Un économiste, aux cheveux bruns bouclés surplombant un regard de chien errant, expliqua que la mesure d'envoyer les profiteurs donner de leur temps à la collectivité serait contre-productive pour l'emploi réel et que cela ne remédierait pas au coût exorbitant du chômage. « On n'a qu'à supprimer les chômeurs ! » envoya la députée complètement allumée. JKM sursauta, le syndicaliste s'étrangla. Michel Tube capitula, il quitta le plateau, effrayé.

Le téléphone de JKM vibra. C'était Djamila, encore elle. Elle le collait aux basques cette sang-sue. Prévoyante, elle lui envoyait les informations pratiques pour leur *date* du lendemain. Elle demandait à JKM de se pointer avec un *curriculum vitae*, une ébauche de lettre de motivation pour un emploi public, elle lui imposait aussi de réfléchir à un secteur d'activité qui pourrait lui plaire. JKM trouva qu'elle lui en demandait beaucoup pour un premier rendez-vous, il en était presque gêné pour Djamila. Elle s'engageait un peu rapidement, et JKM ne se considérait pas comme un garçon facile. Il n'avait jamais rédigé de *curriculum vitae*, il savait à peu près à quoi cela ressemblait : autrefois, il avait vu la catin Brenda plancher des semaines et des semaines sur un *curriculum vitae* pour un boulot d'intérim dans une grande surface, un inventaire de fin d'année ou un truc dérisoire du genre (elle n'avait pas été retenue, « bien fait pour sa gueule », avait-il pensé). JKM se demanda ce qu'il mettrait dans son *curriculum vitae*, il n'avait jamais travaillé de sa vie, décroché aucun diplôme, pas même un brevet des collèges au demeurant très accessible grâce aux saintes réformes ministérielles, et encore moins un permis de conduire B, le seul parchemin pourtant ouvert à tous (sauf à JKM apparemment, mais, à sa décharge, il n'avait jamais tenté de l'obtenir). Il n'aurait pu compléter que l'en-tête en fait : nom, prénom, adresse, numéro de téléphone, date de naissance (pas de photographie, il n'en avait pas fait depuis le baptême, et il se dit qu'une tête de bébé sur un *curriculum vitae*, ça ne ferait pas sérieux, il s'abstint). JKM renonça aussi pour la lettre de motivation, par flemme et par franchise. À quoi bon s'inventer une envie, un allant quand la vie que vous menez vous comble ? Il ne vit pas l'intérêt de s'escrimer à en pondre une, il se dit qu'ils devaient en avoir plein des lettres de motivation à *Jobs pour Tous*, sans doute disposaient-ils de banques de données copieuses avec tous ces assistés qu'ils administraient. Djamila en piocherait une au hasard dans son stock et l'affaire serait réglée. JKM remarqua cependant que son dossier restait horriblement maigre, il devrait faire un effort sur le secteur d'activité. Rien ne le tentait à vrai dire, mais bon, il se posa, après deux *Pils* réglementaires, et réfléchit, devant un écran qui diffusait un pugilat indescriptible. Il coupa le son. JKM pensa que quelques heures au *Promo* pourraient être un compromis acceptable avec le gouvernement. Il bosserait vaguement, en profiterait pour subtiliser des *Pils*, ou, plus sûrement, pour s'en envoyer quelques-unes pendant les pauses dans la sombre arrière-boutique. Il savait faire ça, enquiller. Ah ! Il serait bien là ! Il s'y voyait, vautré sur des cartons de conserves ou de savon lessive, baignant dans un bain doré et pétillant. Il était à deux doigts de bénir le gouvernement quand il se rappela que l'emploi occupé serait forcément public. Le *Promo* n'était pas l'officine d'approvisionnement d'un régime stalinien, et Guidon n'avait pas le profil d'un *apparatchik* malgré ses méthodes autoritaires (c'était un bel enfoiré, quand même, se dit JKM). Que restait-il au profiteur ? La bibliothèque Guillaume-Musso ? Pourquoi pas, il aimait bien les livres et le contact physique avec le papier imprimé. La mairie ? Elle était trop loin, *madre de dios*, pas la mairie ! Le collège Zinedine-Zidane ? Épouvantable endroit. De son temps, plus de vingt ans auparavant, à l'occasion de deux sixièmes, une cinquième (une seule grâce à une commission d'appel bienveillante) et deux quatrièmes, son Everest scolaire, le collège s'appelait Maurice-Thorez, il était fui de tous. Délabré, gavé de jeunes profs pas formés et de gamins désœuvrés, dirigé par d'anciens jeunes profs pas formés (à peine moins jeunes que les jeunes profs pas formés), l'établissement abandonné formait des cohortes de bons à rien, les profiteurs de demain. C'était sa réussite, implacable. JKM n'avait pas échappé au déterminisme local, pathétique succès de jeunesse.

JKM réfléchit longuement. Il ne voyait aucun autre service public dans le coin capable de l'accueillir. Il tressaillit : et si on l'envoyait dans une

autre ville ? L'idée l'effraya sincèrement, au point
ou l'hypothèse de leur dire « STOP » et de renoncer à son rutilant train de vie lui effleura l'esprit.
Il tremblait. Une *Pils* glacée ne parvint pas à faire
retomber la pression. Une deuxième ne fut pas
plus efficace. L'angoisse l'étreignit.

19.

La journée précédente avait épuisé JKM, une veillée longue et incertaine. Il pensait avoir tout préparé, tout planifié, mais à peine levé en ce matin clair baigné par une chaleur moite et légère, il se rendit compte qu'il n'avait pas choisi les vêtements qu'il porterait pour son rendez-vous avec Djamila. JKM ouvrit les tiroirs de la commode bancale, coincée au pied de son lit, contre le mur – les deux derniers rangements étaient condamnés, pas très malin comme disposition dans un si vaste palais, se dit-il. Il contempla sa fabuleuse garde-robe : les tiroirs ressemblaient à des cavernes désertées, son trousseau lui parut maigre. JKM ne possédait pas grand-chose. À vrai dire, jusqu'à ce lourd matin plombé par des enjeux de taille, il ne s'était jamais posé de questions sur son stock de chiffons. Pour s'habiller, il comptait sur des vide-greniers, un genre de transfert de poubelles organisé entre particuliers. Pour une poignée d'euros, voire de centimes, il y récupérait un jean ou un short pas trop élimés, un ou deux tee-shirts (sans trou sous les bras, critère non négociable), plus rarement des sous-vêtements (Guidon vendait parfois des lots de slips, fins comme des voiles, *Made in Indonesia*, et des paires de chaussettes arrivées tout droit du Bangladesh, pas très solides, mais à des prix vraiment en promo, et ça

119

donnait à JKM l'impression de voyager un peu, le plaisir en était total). Bref, JKM était presque à poil. Au quotidien, il ne se changeait pas souvent, il s'habillait de façon négligée (forme élégante pour dire crade). Il ne lavait pas assez de linge, le bac de la salle de bains en voie de fossilisation pouvait en témoigner. Ce matin d'angoisse, JKM se retrouva donc fort démuni, il s'en voulut de ne pas avoir anticipé. Il ne pouvait compter que sur un jean évasé, décoré de fleurs ou de plantes, il lui sembla que c'était des feuilles de cannabis, mais le graphisme n'était pas très soigné. Le vendeur lui avait assuré qu'il s'agissait plutôt de feuilles de houblon, houblon = *Pils*, la chose avait tenté le profiteur fauché un peu naïvement bien qu'il eut un doute lors de la mirobolante transaction à soixante-quinze centimes. JKM déterra aussi un tee-shirt noir froissé, perdu au milieu du deuxième tiroir. L'imprimé ne lui parlait pas vraiment, à part deux bocks de bière s'entrechoquant avec allégresse. Une inscription (*Nürnberg. Oktoberfest*) évoquait une fête d'octobre semble-t-il, JKM ne pouvait le dire avec certitude, il n'avait pas fait allemand LV1 au collège, ni même LV2, et pas plus d'anglais ou d'espagnol, les profs mal formés étaient souvent absents. En arrière-plan, deux grands éclairs rouges aux lignes pures et saillantes donnaient de la profondeur à la scène festive, une certaine classe. Contre à peine trente centimes,

peut-être quarante, le souvenir n'était pas clair,
JKM avait craqué pour les motifs de bocks. En en-
filant le tee-shirt, après l'avoir senti sous les bras,
histoire d'être assuré de ne pas l'avoir déjà porté,
il trouva que la couleur sombre n'était peut-être
pas adaptée pour un *date* de cette importance.
Elle véhiculait à ses yeux une image négative qui
pouvait être mal interprétée : « et si ça me coupait
les vivres ? » pensa-t-il inquiet. Mais avait-il le
choix en ce matin accablant, dans la précipitation
de l'événement ? L'alternative du tee-shirt cisjordanien, envisagée un bref instant, mais vite abandonnée, l'aurait à coup sûr condamné au bagne.
JKM aurait bien demandé l'avis de Chouf sur sa
tenue, bien qu'il s'habillât lui-même comme un
plouc, avec des trucs amples et informes. Il se dit
qu'il ferait peut-être un crochet par le *Rond-Point*
pour avoir l'aval de Cindy du Point Chaud, mais
c'était vraiment trop loin, et il n'avait plus le
temps, l'heure du rendez-vous approchait à la vitesse de l'éclair. Il pensa aux deux coups de
foudre qu'il portait sur sa poitrine.

*

JKM descendit les escaliers plus rapidement
qu'à l'ordinaire, il ne voulait surtout pas être en
retard, il avait trop à y perdre (et pas grand-chose
à y gagner, se dit-il, désenchanté). Il passa devant
le *Promo* sans même jeter un regard vers Guidon

121

affairé à étaler en devanture des pommes flétries
et des fraises qui tournaient de l'œil. Il coupa
entre deux barres d'immeuble bruyantes, pensant
prendre un raccourci, sans en être complètement
certain. Il ne trouvait plus la direction du parc
Doc-Gynéco, il crut être perdu un moment, quand
il se souvint qu'en contournant le bâtiment H, il
tomberait sur le sentier conduisant à l'agence *Jobs
pour Tous*. Il vacillait par trente degrés à l'ombre
au minimum, il avait l'impression que ses jambes
épaisses comme des allumettes ne le portaient
presque plus. Il était vraiment temps d'arriver,
faute de quoi il flancherait sur un parvis abandonné d'une cité oubliée, un peu comme dans un désert iranien aux températures indécentes. L'agence
pour assistés poignait à l'horizon, adossée à une
barre d'immeuble défraîchi de quatre étages. Un
reggae lourd et puissant s'échappait d'une volumi-
neuse enceinte installée sur le toit. De grands
blacks torse nu se déhanchaient dans des volutes
épaisses, entourés de filles excitées, sembla-t-il à
JKM. Ambiance *roof top* décontractée à la cité Mc-
Solaar embrasée. Il se dit qu'au prochain rendez-
vous il suivrait le son caribéen pour se guider.

Finalement, JKM était en avance de vingt minutes. La précipitation, le stress, l'ANGOISSE
l'avaient un peu désorienté. Il s'installa un court
moment sur le banc à l'ombre, dans le petit parc

Doc-Gynéco. Il sortit l'une des deux *Pils* emportées dans un petit sac à dos au cas où les affaires dureraient. Une sorte de kit de survie. Il but d'un trait la cannette restée fraîche, satisfait. Puis il jeta un regard vers la boîte à livres, sans avoir cependant le courage d'explorer le maigre trésor qu'elle renfermait (il entrevit un magazine féminin). Il se demanda ce que l'écrivain new-yorkais aurait pensé de son sort. Puis JKM pensa à ces footballeurs soviétiques aux machoîres en béton. Il espéra que Djamila ne serait pas aussi rude que les Sibériens, le moment était assez pénible comme ça. Il se dit que les Popovs n'auraient pas reculé devant l'obstacle, qu'ils seraient montés au combat le menton haut et le regard clair comme l'acier. JKM prit alors son courage à deux mains et il s'élança vers l'agence qui l'attendait, portes grandes ouvertes. Le piège allait se refermer.

*

Plongé dans une demi-pénombre, le hall d'entrée parut austère à JKM. Des toiles d'araignées larges et fournies squattaient des plafonds bas, près de lucarnes crasseuses. Il se demanda où il mettait les pieds, un peu effrayé. Les trois quarts des luminaires demeuraient éteints. Étaient-ils grillés ? Ou bien adoptait-on une pratique éco-responsable dans l'antre de la dèche organisée ? JKM appuya sur plusieurs interrupteurs, rien ne

123

s'éclaira, elles étaient bel et bien rôties les affreuses appliques. Des informations syndicales et des publicités encombraient les murs gris et tachés. Une foule de numéros verts semblaient vouloir sauver le monde. JKM remarqua une affiche de recrutement *Jobs pour Tous*, où deux jeunes assez réjouis, Thomas et Rachid, s'enthousiasmaient d'avoir été enrôlés, le message était clair, ils avaient la banane. C'était peut-être chouette d'être au service des assistés, qui sait ? JKM se dit que le salaire ne devait pas suivre, les deux jouvenceaux trimaient pour un État en faillite, ils n'avaient pas bien conscience de leur exploitation.

En tout cas, en ce torride matin de tous les dangers, il n'y avait pas foule dans l'agence. JKM se demanda s'il était le seul profiteur convoqué. Il trouva ça injuste, la cité regorgeait de profiteurs, pourquoi fallait-il commencer par lui, hein ? Il n'avait rien quémandé, il serait volontiers resté en son palais vaste et paisible. Il pestait sourdement quand une grosse femme dégoulinante de sueur l'interpella d'une voix de rossignol :

— Monsieur ? Vous avez été convoqué ?

JKM la regarda sans réagir, suffoqué.

— Monsieur ? insista-t-elle en inclinant la tête, prévenante.

— Euh... Djamila, balbutia JKM d'une voix éteinte... Je viens voir Djamila.

— Ah Djamila ! Mais elle n'existe pas Djamila, vous devez le savoir, répondit la poule joyeuse, c'est un *bot*.

JKM resta interloqué, la fonctionnaire enjouée le comprit.

— Oui, un *bot*, un robot, quoi ! gloussa-t-elle. C'est une machine qui répond toute seule à vos questions. C'est fabuleux tout ce qu'on peut faire aujourd'hui avec ces intelligences artificielles !

Elle rit fort, elle avait l'air convaincue, presque heureuse de scier la branche sur laquelle son gros cul reposait.

— Quel est votre nom, cher Monsieur ? reprit-elle guillerette.

JKM était fort gêné, ça faisait un bail qu'on ne l'avait pas couvé de la sorte. Il pensa faire demi-tour, prendre l'air un instant, puis il se ravisa.

— Alamo, répondit-il finalement d'une voix faible.

— Alaaaamoooo ? s'exclama la dinde. Comme le fort ? J'adooooore ce film !

JKM ne comprit pas de quoi elle parlait, elle était farcie à ses yeux, au point où il pensa qu'on devait bien picoler dans les bureaux tout en envoyant des SMS pour contrarier les assistés. Elle lui parut de plus en plus insupportable, il n'appréciait pas beaucoup les personnes exubérantes. « Je vais chercher ma collègue, elle va s'occuper de vous », lâcha-t-elle avant de tourner les talons, sans attendre de réponse, vers un sombre couloir où trois chaises blanches en plastique attendaient les profiteurs de jour. La folle de l'accueil n'était pas seule, une armée se cachait bien dans l'agence, se dit JKM, soulagé de la voir enfin s'éloigner.

*

JKM poireauta une bonne demi-heure sur la chaise de camping, peut-être davantage, il faillit s'endormir une fois l'effroi supplanté par la résignation. Telle une bête dans le corridor de l'abattoir, il patientait dans l'attente que le couperet tombe. Bientôt il fut rejoint par deux profiteurs qu'il connaissait vaguement de vue. Les trois hommes se saluèrent discrètement, en silence. L'heure n'était pas à la rigolade et aux tapes dans le dos. JKM remarqua qu'ils avaient mieux préparé leur affaire : chemise impeccable, repassée, pochettes épaisses, certainement pleine de documents, d'attestations, peut-être de diplômes, ils s'en sortiraient mieux que lui les fripouilles. Il ruminait sa jalousie, quand une lointaine voix nasillarde s'échappa d'un bureau entrouvert :

— Monsieur Alamo !

JKM fit semblant de ne rien entendre.

— Monsieur A-LA-MO ! reprit de plus belle la voix aiguë. Je ne vais quand même pas devoir venir vous chercher ! (Elle voulait en découdre, c'était sûr).

Piqué, JKM s'exécuta aussitôt, presque bondissant de son siège, sous les regards amusés des deux acolytes d'infortune. Il les maudit et leur souhaita le pire.

Le bureau était petit et vide, glauque à l'instar de l'agence entière. Il crut pénétrer dans une morgue, invité à y identifier le cadavre encore fumant de sa vie ratée. Une femme maigre et chevelue l'attendait, campée derrière un bureau étroit. D'un geste de la main, ferme, presque autoritaire, elle invita JKM à s'asseoir avant de se plonger dans un épais dossier. Elle compulsa avec dégoût (ses lèvres pincées le disaient) des fiches, des fiches, et des fiches. Ça valsait sous ses doigts irrités. JKM se demanda ce qu'elle pouvait y voir derrière les verres gras de ses lunettes, elle devait les essuyer avec une tranche de jambon de pays, il ne voyait pas d'autres explications. Il aimait bien le jambon de pays, mais il en mangeait peu, trop cher, forcément. La dame ôta un instant sa monture, le nez planté comme un drapeau sur un formulaire :

— Ah ! Voilà ! Monsieur Alamo... Jean-Kévin-Mohammed... (elle releva la tête brusquement, surprise)... c'est Jean, Kévin ou Mohammed ?

JKM s'enfonça dans le fauteuil, gêné. Ça faisait un bail, des décennies au minimum, que le seigneur du vaste fief n'avait pas entendu quelqu'un prononcer sa titulature complète. « Jean-Kévin-Mohammed Alamo, c'est mon nom », pensa-t-il, chagriné.

— Jean ? Kévin ? Ou Mohammed ? Monsieur A-LA-MO, j'écris quel prénom sur votre dossier ? enchaîna-t-elle, agacée.

JKM se recroquevilla un peu plus encore, la dame maigre et chevelue l'effrayait. Elle posa la question trois fois de suite, d'une voix de plus en plus forte et détestable, les oreilles de JKM grinçaient. « Je veux voir Djamila, je veux voir Djamila », implorait-il en silence, au bord des larmes. La litanie s'amplifia : « j'écris quel prénom ? » De guerre lasse, JKM capitula :

— Les trois... marmonna-t-il d'une voix

blanche.

Elle lui fit répéter plusieurs fois, elle ne faisait aucun effort.

— Quelle idée de donner un tel prénom à son gamin ! se permit-elle, interdite (sous-entendu font vraiment n'importe quoi les pauvres !).

Elle écrivit d'une main lente, un bout de langue échappé par la commissure des lèvres. Dans le bureau d'à côté, une femme hurlait contre un des deux profiteurs, les murs tremblaient. Ah ! Il devait faire moins le malin le rutilant branleur ! se réjouit JKM. Hé hé ! Elles ne servaient à rien la chemise repassée et la pochette pleine de paperasses inutiles. JKM reprenait des couleurs, mais la salve reprit :

— Dernier emploi occupé ?

JKM se replia sur lui-même, à nouveau terrorisé

— Dernier emploi Monsieur A-LA-MO ? Hoho ?

Il se reprit.

— Magasinier... ou peut-être jardinier... je ne me souviens plus, c'était il y a longtemps...

— Comment ça longtemps ? L'année dernière ?

— Je dirais plutôt il y a vingt ans.

La dame maigre et chevelue s'étouffa de stupeur. Elle se leva et appela aussitôt sa collègue du bureau d'à côté. L'extraordinaire réponse offrit quelques minutes de répit au profiteur voisin. JKM s'en voulut un peu. Il entendit des bribes de la conversation à peine dissimulée entre les deux tortionnaires : « tu te rends compte »... « oui, vingt ans ! Vingt ans ! Mon dieu »... « vraiment une feignasse »... « les remettre au turbin les assistés ». Pas besoin d'avoir étudié dans les transmissions ni de maîtriser un langage codé pour rendre son sens aux fragments interceptés... Puis la discussion, plus enjouée, dériva sur une piñata. L'une expliqua à l'autre qu'elle préparait ce cadeau pour l'anniversaire de son fils de dix ans, que cela lui avait pris des heures, des jours, des nuits (elle exagérait) pour confectionner un âne gavé de sucreries et de babioles chinoises. Un âne, s'étonna JKM, fallait vraiment s'emmerder pour fabriquer un truc pareil, et quel gamin aimait les ânes, à moins d'en être un lui-même, hein ? L'entracte se poursuivit par une pause café réglementaire d'une bonne vingtaine de minutes. Les volutes d'un arabica corsé envahirent les bureaux. JKM pensa qu'il pourrait s'envoyer la seconde *Pils* embarquée pour l'expédition, mais la dame maigre et chevelue

pouvait revenir à tout moment. Il renonça. L'inter-
lude durait, et JKM s'assoupit sur sa chaise.

*

— Collège Zinedine-Zidane ! hurla la voix nasillarde en faisant irruption dans le petit bureau
triste et froid.

JKM sursauta, il faillit tomber de sa chaise.

— Je viens d'évoquer votre cas avec mes collègues, vous avez le profil pour aller au collège
Zède-Zède, reprit la sorcière maigre et chevelue
en jetant un dossier sur sa table de travail, satisfaite.

Elle tournait autour de son bureau, virevol-
tante, elle ne tenait plus en place. Elle manipulait
des documents avec allégresse, sans vraiment savoir ce qu'elle cherchait. Le café l'avait bien exci-
tée, se dit JKM, elle en avait sans doute abusé,
comme ces cyclistes qui grimpent des cols à des
allures improbables. Peut-être ajoutait-on un
pousse au kawa dans les sous-sols de la morgue,
ça leur permettait de tenir le coup, une béquille
salvatrice pour supporter un sale boulot. JKM
pensa à Thomas et Rachid, ils auraient moins la
banane les deux fayots après quelques mois à *Jobs
pour Tous*. La petite liqueur dans le café serait
d'autant plus appréciée. En tout cas, elle en brû-

131

lait du watt la joyeuse fonctionnaire. Elle souriait presque, mais JKM n'en était pas tout à fait sûr.

— La direction va vous contacter très vite, la rentrée est pour bientôt.

Puis elle montra la sortie au profiteur, d'une main légère et agitée, ravie d'avoir traité un cas. Sa journée de travail ne durerait sans doute plus très longtemps.

À peine extrait des sombres entrailles de la chambre froide, JKM s'assit sur les marches, éreinté. Il sortit la *Pils* de survie de son petit sac. Elle était chaude à présent. JKM la dégusta par petites gorgées, lentes et suaves, il pensait la mériter. Un profiteur sortit à son tour, débraillé et en sueur. Sa chemise échappée du pantalon était bien moins clinquante.

— Tu vas où ? demanda-t-il à son frère d'armes.

JKM prit une petite lichée tiède et pétillante, puis une deuxième et encore une troisième. Il faisait durer le suspense, chafouin.

— Au Zède-Zède, répondit-il enfin, après une quatrième gorgée.

Il acheva sa *Pils*, compressa la cannette et l'envoya au loin.

— Et toi ? reprit-il (par pure courtoisie, parce que, au plus profond de lui-même, il n'en avait absolument rien à faire de l'avenir de son congénère).

— Cantonnier. Au cimetière municipal, lui dit l'assisté, la gorge serrée.

JKM toussota. Le cimetière, après la morgue. C'était le meilleur endroit pour enterrer des profiteurs. Il y serait bien ce gros fainéant, pensa-t-il.

<h1 style="text-align:center">20.</h1>

Le collège Zinedine-Zidane était certainement l'un des pires tombeaux du ministère du *Savoir pour Tous*. On y entrait à peu près vivant, on en ressortait complètement démoli. Les instruments de la destruction étaient nombreux, les chances d'en réchapper se réduisaient à peau de chagrin. Rares furent ceux qui, dans la cité, en sortirent vaillants, les bagages pleins de connaissances, accompagnés des promesses d'un avenir radieux. En y repensant, assis hagard sur un coin de son lit, une *Pils* à la main, trois autres à ses pieds (flemme des va-et-vient avec le coffre-fort réfrigéré), JKM ne trouva que l'exemple du frère suisse de Chouf pour dégoter l'exception qui confirmait la règle.

JKM était entré au Zède-Zède en classe de Sixième au terme d'un long calvaire à l'école primaire H.I.P.-H.O.P., seul établissement du pays à porter le nom d'une chanson, c'était curieux – à l'origine, l'école devait rendre hommage à l'œuvre d'Aya Nakamura, mais les édiles ne s'étaient pas accordés sur un titre dans le répertoire de l'artiste décriée. Au H.I.P.-H.O.P., il n'avait pas beaucoup smurfé le JKM, on l'avait plutôt breaké à coups d'insultes, de brimades et de punitions. Au Zède-Zède, le traitement fut le même, sans aucune transition. Il ne fut pas dépaysé, d'autant que les bâtiments scolaires se ressemblaient furieusement : champs de ruines de la République, avec leurs murs sordides et lézardés, et leurs cours défoncées. Dès le premier jour de la Sixième, le premier appel, premier de la liste, la faute à Alamo, première évocation de son prénom, première humiliation. Le chahut démarrait illico et aucun enseignant ne pouvait rétablir le calme dans sa sinistre salle de classe. Ils lui en voulurent les profs, forcément, ils se vengèrent en rejoignant la meute assoiffée, lâches. Et c'était pas les moins féroces cette bande d'enflures en chemise à carreaux ou en polaire Lafuma. Au moins, JKM fut un jour dans sa vie premier quelque part, car la suite s'apparenta à un éprouvant chemin de croix, sans halte ni repos, il fut dernier en tout : dernier arrivé le matin, dernier reparti le soir, après les devoirs et les punitions (colles, travaux d'intérêt général), dernier de la classe, dernier à manger à la cantine, dernier des derniers, un quotidien d'avorton à la traîne. À la fin du premier trimestre, deux camarades le rejoignirent dans son bagne d'infortune : Jérôme « Chouf » Sanfourche, champion de la colle indue, et Jackson Kuku Ngbendu wa Za Banga, un Congolais albinos, pas moins collé, qui portait les mêmes verres fumés que Chouf (il y voyait encore moins). Le maigrichon aux cheveux gras, le bigleux en surpoids, le boulet albinos, il manquait juste un grand abruti pour former les

Dalton de la cité. Certes, Jackson était particulièrement stupide, il ne comprenait rien à rien, ce
qui lui valait bien des heures de retenue, mais il
ne pouvait endosser deux costumes, c'en était
trop pour lui, en tout cas il n'aurait pas compris
les détails du rôle. Soudés comme des frères, les
trois garçons affrontèrent plus ou moins la horde
fielleuse du matin au soir, ils se soutirent tant bien
que mal, se protégèrent les uns les autres, surtout
JKM et Chouf devenus inséparables. Cependant,
Jackson fut vite vaincu par un chagrin ardent, une
tristesse profonde. Sur le chemin du Zède-Zède,
dans la cour de recréation, dans les allées étroites
du *Promo*, on lui courait derrière, on le passait à
tabac, on lui promettait de le découper, sa tête ou
ses membres valaient une fortune sur le marché
de la sorcellerie. C'était la chasse au trésor ! Jackson n'était jamais serein, il tremblait beaucoup. Il
se résigna assez vite tel un condamné à mort har-
naché sur la chaise électrique. Un peu après Noël,
il préféra s'évader au bout d'une corde pendue à
la poutre métallique du garage souterrain du bâtiment K de la cité Mc-Solaar. Une tombe avant la
tombe. À la rentrée, après les fêtes, personne
n'évoqua le drame, aucun élève, aucun professeur,
pas même la principale, une folle dépassée qui ne
quittait jamais son bureau, terrorisée. Jackson était
parti seul, sans fleur ni couronne, embarqué dans
un cercueil premier prix en bois brut dans la

soute réfrigérée d'un avion de ligne, direction Lu-
bumbashi et une brousse perdue. Pour JKM et
Chouf, le train-train reprit son cours, les coups et
les insultes s'abattirent de nouveau, traitement ordinaire, sauf qu'à deux ils en prenaient pour trois.
Ils lui en voulurent un peu à Jackson de les avoir
abandonnés dès le début du combat. Même vingt
ans plus tard, le souvenir de l'albinos donnait un
goût âpre à la *Pils*. JKM pensait souvent à Jackson, alors qu'il l'avait à peine connu, mais ils
avaient vécu la guerre ensemble. Dans la cité, tout
le monde avait oublié l'albinos congolais, les souvenirs s'évanouissent vite dans ces contrées fréné-
tiques et désordonnées. Même ses parents n'évo-
quaient jamais sa mémoire, il leur restait onze enfants, ils avaient autre chose à faire qu'à s'apitoyer
sur la disparition du huitième de la fratrie et puis
Jésus les avait soutenus, un chic type ce barbu aux
bouclettes dorées. JKM se demanda si Chouf pensait parfois à Jackson, ils n'en parlaient jamais,
même sur le banc du parc quand ils n'avaient plus
rien à se dire, ils auraient pourtant pu combler un
silence long et pesant.

Les catastrophes scolaires empoisonnèrent
l'aventure collégienne de JKM autant qu'elles
pourrirent ses années de primaire. En classe, rê-
veur, il n'écoutait pas grand-chose et quand bien
même aurait-il souhaité s'intéresser aux cours, il

recevait sur la tête gommes, boulettes de papier ou compas dès qu'un professeur avait le dos tourné. On le pinçait, on le frappait, en toute impunité, c'était la fête. Dans un écosystème décidément hostile, impossible pour JKM de se concentrer ou d'essayer de bien faire. Bien entendu, les adultes ne remarquaient jamais rien, pas même les bosses ou les bleus qui s'affichaient telles des enseignes lumineuses sur son visage meurtri. À leur décharge, le brouhaha était si fort qu'on se croyait parfois sur le tarmac d'un aéroport international, au pied d'un gros porteur prêt au décollage. Dès le premier trimestre, JKM fut largué et personne ne lui proposa d'aide. Ses parents étaient encore plus largués que lui, l'institution manquait de moyens et n'en avait que faire des faibles taiseux, les profs pas formés brillaient par leur nullité et Chouf rencontrait les mêmes difficultés, il ne pouvait venir au secours de son nouvel ami. La déroute devenait inévitable, en parfaite maîtrise, et à deux, elle en était presque réconfortante. JKM passa cinq années au Zède-Zède comme un fantôme, à hanter les couloirs, les salles de classe, la cantine, le gymnase. Avec le temps, on le repéra de moins en moins, puis il s'éclipsa, dès les premiers mois de sa première Quatrième : il séchait, s'évadait au parc Patricia-Kaas ou à la bibliothèque Barbara-Cartland, rebaptisée Guillaume-Musso depuis. À la Vie scolaire, où l'on buvait beaucoup sur fond de salsa, on ne s'aperçut jamais de ses absences, les professeurs à peine plus, JKM avait réussi l'exploit de se rendre invisible, mieux que l'homme du même nom. En fin de trimestre, au moment de remplir les bulletins, on se demandait parfois « Mais il est où Jean-Kévin-Mohammed ? », puis on n'y pensait plus à peine la question posée. Tout le monde s'en contrefichait, ce fut la première victoire de la vie de JKM.

*

Retourner au Zède-Zède, non merci ! se dit JKM, encore campé sur le coin de son lit, pompette (il avait un peu abusé, dépassant largement son traitement habituel, en toute légèreté, satisfait d'avoir pu bénéficier d'une nouvelle promo de saint Guidon). Il devait trouver une solution, et vite. Ne dit-on pas dans les films policiers qu'on ne retourne pas sur les lieux du crime (sauf si l'on est un abruti de truand et ou de meurtrier, c'est souvent stupide un criminel) ? JKM avait laissé plusieurs vies dans les murs du collège moisi et le jeu d'aventures l'y renvoyait alors qu'il avait perdu toute énergie. L'image même de franchir à nouveau le portail rouillé du champ de ruines l'effraya sincèrement. Il ne pouvait s'y résoudre. Gwladys avait bien envoyé un « STOP » à Djamila et sa meute de sorcières hystériques, pourquoi le preux JKM n'aurait-il pas pu s'élever en fier chevalier contre l'ignominie d'un gouvernement débile, fier de son incurie et prêt à tout pour céder aux sirènes d'une mondialisation effrénée et de ses règles obscures (en fait, il n'y en avait pas, de règles). En y réfléchissant, JKM trouva qu'il aurait fait un bon économiste. Pourtant ses connaissances dans le domaine se résumaient aux informations transmises par des chaînes peuplées de stagiaires mal formés, qui auraient tout aussi bien pu devenir enseignants dans le secondaire, avec un niveau à peine supérieur à celui des professeurs des écoles, pas formés du tout ceux-là. Cela faisait quelques années qu'ils ne connaissaient plus leurs tables de multiplication ni leurs conjugaisons, on comptait sur internet pour combler les lacunes, celles des élèves comme celles des hussards décrépis d'une République en lambeaux, on co-apprenait entre adultes et enfants, c'était super tendance dans l'école libérale des fossoyeurs. JKM se souvint d'un reportage valorisant ce genre d'expérience, l'innovation pédagogique par excellence, le maître et l'élève sur le même plan, en compétition. Une enfant de neuf ou dix ans, la moins stupide de la cohorte, avait écrabouillé ses camarades et son professeur par la même occasion dans un rallye d'opérations. En finale, elle avait gagné de peu : à la multiplication neuf fois neuf, sans calculatrice ni smartphone, elle avait répondu quatre-vingts, alors que son mentor s'était échoué

à soixante-dix-huit. L'élève était la plus proche,
quelle victoire ! Cela méritait bien un reportage
de la télévision nationale. Au Zède-Zède, elle aurait écrasé tout le monde, pensa JKM, malgré son
jeune âge. Quelle précocité !

21

JKM passa une grande partie de la nuit, ancré sur le coin de son lit comme une moule à son bouchot. Un peu avant vingt-deux heures, Cindy du Point Chaud se pointa, harassée, le four était froid. Elle se déshabilla et se coucha aussitôt. JKM se retourna alors lentement vers elle :

— Tu t'appelles comment, au fait ?

Cindy se redressa d'un coup, ses seins pointus et puissants s'évadaient du drap froissé. Elle semblait heureuse de la question, ses joues rosirent.

— Pereira, Cindy Pereira ! répondit-elle alerte. Elle appuya fort sur le *ei* de son nom, avec un bel accent méridional d'occasion.

« Une Portugaise ! », pensa JKM, il aurait pu s'en douter, le chevalier pénétrait une forêt dense. Et puis il se dit qu'il cédait aux préjugés. Il se souvint d'une Joëlle (mais c'était très loin) ou d'une... il ne se souvenait plus du nom (c'était forcément encore plus loin dans la généalogie de sa vie), dont la toison n'était pas moins épaisse.

— C'est joli ! répondit-il courtois, la *Pils* au coin des lèvres.

Au fond, JKM s'en fichait pas mal de son nom

ou de son *pedigree*, mais il considéra l'information qui comblait une curiosité passagère. Cela faisait maintenant presque deux ans qu'il fréquentait Cindy du Point Chaud. Il l'avait rencontrée par hasard, le souvenir était flou, la douzième ou treizième *Pils* n'aidait pas, la mémoire est si faible face à l'alcool. Un soir d'hiver, éméché et perdu dans le dédale des tours de la cité, JKM avait pris comme repère l'enseigne du *Rond-Point* qui éclairait la nuit noire de son halo vaporeux. De là, il pensait retrouver son chemin vers le bâtiment B. Le froid vif le piquait. Arrivé au supermarché, il s'était dit qu'il flânerait dans la galerie commerciale le temps que son corps chétif retrouve une température agréable, l'alcool ne réchauffe rien, encore moins quand on traîne en tee-shirt un mois de janvier. Les allées de la galerie étaient désertes. Les fêtes avaient englouti les maigres réserves et les soldes n'attiraient qu'une faune radine et déplumée. JKM avait longtemps tourné devant des vitrines grises et pauvres, avant de se résoudre à s'aventurer dans les rayons du *Rond-Point*, il n'était pas encore assez réchauffé pour affronter une marche d'une vingtaine de minutes. L'ambiance n'était pas plus festive dans les entrailles du supermarché. Devant les étals à demi vides, JKM s'était dit que le *Promo* n'avait pas grand-chose à envier à son grand frère. Les marques qui s'affichaient devant ses yeux ne lui disaient rien, même pas leurs bières premier prix, des cannettes aux appellations prétentieuses qui ne pouvaient se contenter d'un sobre *Pils* : *Pilsmeister*, *PilsSchumacher* ou *PilsPilsPils*, une cannette fine et rose, pétillante et moins plombée en alcool, « sans doute pour les femmes », pensa JKM qui s'en était envoyé une d'un trait, histoire de goûter, au coin d'un rayon, à l'abri de caméras sans doute en panne. La saveur ne lui avait pas semblé assez fameuse pour bouleverser des habitudes de consommation bien installées, les *Pils* du *Promo* n'avaient pas à rougir, sincèrement, et leur prix était plus sexy. La déambulation le conduisit alors jusqu'au Point Chaud, échoué au fond du magasin, où un petit bonhomme sautillant et agacé refusait de vendre à un client les baguettes du jour. « Regarde, lui disait-il (il le connaissait apparemment), je peux pas te vendre ça ! T'as vu la gueule de la baguette ? Non, non ! Je peux pas ! Ça m'énerve depuis ce matin, ils comprennent rien ! Prends plutôt une tradi ». C'était Manu, le chef-vendeur du stand, un vibrion dont la place était sans doute davantage sur un marché que dans les rayons lugubres d'une grande surface de cité. Petit et maigre, il regardait son client avec de grands yeux bleus qui ne clignaient jamais, c'était un peu effrayant. JKM se demandait s'il ne prenait pas un excitant le Manu, quand Cindy apparut derrière lui, une bannette de sandwichs dans les bras. Elle s'approcha du comptoir et demanda à JKM ce qu'il souhaitait. Celui-ci balbutia, elle ne comprit rien et répéta sa question, aimable. « Un croissant », dit-il (dans son souvenir il commanda un croissant, ça aurait pu aussi être une chouquette). Il n'y avait plus de viennoiseries, il était presque midi, c'était l'heure des sandwichs, Cindy était embêtée. Manu intervint : « Y en a plus, et tant mieux pour toi, ils étaient tous mal calibrés aujourd'hui ! Et dégueulasses ! ». Il tutoyait tout le monde en fait, Manu, mais sa sincérité toucha JKM qui s'éclipsa, après avoir jeté un regard vers la jeune vendeuse qui le fixait aussi. Il se passait quelque chose entre eux, à coup sûr, un truc inexplicable où deux êtres s'associent sans l'avoir cherché ni demandé, peut-être une réaction chimique, des hormones qui s'entrechoquent et se comprennent, à l'insu de leurs sécréteurs, une rencontre de mammifères en somme. JKM fit ce jour-là cent fois le tour du magasin, il dessoûla, puis il retourna au Point Chaud où Manu refusait toujours de vendre les baguettes (il avait raison, elles manquaient de grâce les baguettes, larges et plates, enrobées dans une farine excessive). Cindy se figea à la vue de JKM. Ils se fixèrent un moment. JKM fit le premier pas, il lui dit qu'il aimerait bien l'inviter, elle accepta. Le soir-même, elle le suçait avec tendresse.

Cindy était une fille simple, d'humeur égale, elle s'habillait premier prix, ne se maquillait pas, s'inquiétait de la montée des extrémismes, jouissait peu. Elle était plutôt tiède en fin de compte. Quand JKM la présenta à ses amis, Chouf leur souhaita le bonheur, un chic type ce Jérôme, Paulo avoua qu'il aurait bien retourné Cindy dans sa camionnette, alors que K2 la trouvait grosse et fade, il exagérait, assurément, elle ne correspondait pas aux canons de sa poutre, plus simplement, pas assez colorée. Bref, JKM n'avait pas à s'inquiéter de la bande de chacals qui partageaient son quotidien. Cindy parlait peu, ce qui convenait parfaitement à son prince. Ils se voyaient de façon épisodique, sans jamais se donner rendez-vous ou convenir d'une rencontre. Une vie pleine d'imprévus et de péripéties ! Quasi aventureuse, trépidante. Un truc de bourgeois ou d'artiste normalement. Les grands restaurants et les verres sur des terrasses fleuries en moins.

Cindy remarqua dès les premiers jours de leur relation que JKM picolait beaucoup, elle trouvait sa consommation excessive, elle le pensa profondément, mais elle ne lui fit jamais de reproche. Les hormones avaient pris le dessus sur la raison. Un soir, JKM lui proposa une *Pils* par courtoisie, il fut satisfait du non timide qui lui parvint en retour. Cindy marqua des points décisifs, JKM ne se voyait pas partager la vie d'une pétroleuse, même seulement deux ou trois soirs pas semaine, pipe comprise. Parfois, ils regardaient un film à la télé ensemble. JKM n'aimait pas trop ces séances ciné, il s'endormait assez vite, avant la première publicité la plupart du temps. Cindy appréciait particulièrement les films de baston, JKM ne l'aurait jamais imaginé. Elle regardait beaucoup de clips aussi, jusqu'au bout de la nuit, des soupes américaines ou pire encore de la variété française. Elle connaissait les paroles de presque toutes les chansons, JKM lui conseilla de s'inscrire à une célèbre émission où des candidats, qui se prenaient pour de grands chanteurs malgré leur voix bleue, devaient retrouver des paroles. À cette proposition, elle minaudait, un peu fière, puis se ravisait aussitôt, consciente que pour des gens humbles comme elle, ces programmes n'étaient faits que pour être regardés, elle n'y avait pas sa place. Quand le présentateur, badin, lui aurait demandé : « Alors Cindy, on fait quoi dans la vie ? », elle se serait effondrée. Elle n'avait jamais vu une vendeuse d'un Point Chaud participer, ni un cariste ou même une cheffe de rayon. Il fallait plutôt enseigner dans une école ou un collège, maîtriser le droit ou faire des piqûres pour prétendre passer les étapes d'une sélection stricte.

Cindy prit dès les premières rencontres l'habitude de s'éclipser au petit matin, sans faire de bruit, alors qu'elle aurait pu chanter à tue-tête un Johnny ou un truc de hard-rock, la viande saoule qu'elle abandonnait, collée au matelas, n'aurait pas réagi. Cindy ne voulait pas être envahissante, intrusive dans la vie de son prince. Comme lui, elle n'avait pas l'habitude qu'on la remarque, elle voulait passer inaperçue, même au Point Chaud où Manu incarnait la force de vente (il virevoltait dans la réclame maladroite des pains et des brioches, il occupait le devant de la scène, quelle énergie ! Cela convenait à la jeune employée timide).

— T'as quel âge, au fait ! bafouilla JKM, décidément bien curieux en ce pénible soir.

Cindy se releva à nouveau, avec vigueur, les yeux mi-clos, armée d'un sourire tendre.

— Vingt-quatre ! Et toi ?

JKM ne répondit pas, envasé dans sa cannette aigre et tiède. Cindy attendait, impatiente. Elle tenta de nouveau sa chance en s'approchant de lui, en vain. Elle se tendit vers son oreille :

— Et toi ? murmura-t-elle, d'une voix délicate.

JKM se retourna, le regard éteint, embué d'un voile rouge.

— Trente-six, peut-être trente-sept, bredouilla-t-il. On est quel jour ?

— Le onze août. (Elle se reprit). Ah non ! On est le douze août depuis... (elle consulta son téléphone portable)... depuis quarante-cinq minutes.

Douze août, c'était son anniversaire à JKM. « Tu parles d'une fête ! », pensa-t-il, perdu dans les vapeurs d'alcool. Un an de plus avec un retour au Zède-Zède comme sublime cadeau. Il faudrait trouver une solution habile et courtoise de décliner l'offrande fastueuse des sorcières de *Job pour Tous*, et au plus vite. Le lendemain, il y penserait sérieusement, mais comme la fête s'invitait, inattendue, il s'extirpa du coin de son lit pour aller dégoupiller une dernière cannette, histoire de remercier la vie et de bénir la sainte *Pils* de l'accompagner dans son naufrage. Une fois la bière engloutie, il retourna dans le vaste palais. Il se déshabilla puis investit le donjon, où dame Cindy saurait donner à la célébration une tournure réjouissante.

22.

JKM n'eut pas le temps d'échafauder un plan qu'une myriade de SMS l'attendait au réveil, comme une pluie d'étoiles filantes strie un ciel sombre de sa puissante lumière. C'était encore Djamila. Elle bossait surtout la nuit apparemment, 2h31, 3h28, 4h45, 5h12, puis plus rien, sans doute était-elle allée se coucher ou bien une pause statutaire la récompensait-elle de son activité foisonnante. Les messages reprirent à partir de neuf heures du matin, un toutes les heures, la répétition était d'or à *Job pour Tous*, les profiteurs devaient comprendre qu'ils étaient faits comme des rats, qu'ils se plieraient de gré ou de force aux injonctions autoritaires, et que le perfide « STOP », permis en fin de message, ne représentait en réalité rien d'autre qu'un suicide social assisté, une sorte d'action kamikaze, sans la déflagration qui confère un aspect spectaculaire et festif à l'initiative. Comme JKM aimait bien la vie, malgré tout et par la bénédiction de la sainte *Pils*, et qu'il n'avait nullement l'intention d'en finir dans une décrépitude organisée et accélérée par Djamila et sa bande de cintrées (sa préférence allait plutôt à un accident cardio-vasculaire ou à une courte maladie, type tumeur cérébrale décelée au dernier moment, en une quinzaine de jour l'affaire serait pliée, mais c'était un autre sujet), comme il voulait donc encore jouir un peu des menus plaisirs de l'existence (en plus il faisait beau et chaud ; en hiver il aurait sans doute reconsidéré la question, fait le point sur sa situation, établi ce que les magazines féminins appellent un bilan), il se concentra sur les premières lignes du message spamique : Djamila l'invitait à nouveau. Bon sang ! elle le pistait la méprisable créature, à peine vingt-quatre heures sans le voir et elle manifestait déjà un manque, elle en voulait encore. JKM comprit que la nation sonnait vraiment l'appel de la mobilisation, il ne pourrait s'y soustraire. Il relut plusieurs fois les messages, tous identiques, à la fin il connut le texte par cœur comme une poésie, mais sans les rimes qui lui donnent un peu de classe et de légèreté :

> Monsieur Jean-Kévin-Mohammed Alamo, vous êtes convié à la formation *Agir en responsable pour tous*, organisée le 14 août prochain au Lycée Francis-Lalanne, sis au 45, avenue Nicolas-Sarkozy, de 8h30 à 17h30 (prévoir un repas, possibilité de réchauffer, mais pas sûr). Cordialement, Djamila, votre conseillère *Job pour Tous*.

JKM les connaissait ces invitations cordiales, aux termes neutres et bienveillants, où l'hôte vous fait croire qu'il a plaisir à vous rencontrer alors qu'en réalité il vous contraint à venir, prêt à vous humilier et à essuyer ses bottes crasseuses sur votre tronche apeurée. Lycée Francis-Lalanne en plus ! À l'autre bout de la ville ! Il faudrait prendre le bus, une vingtaine d'arrêts au minimum ! L'idée même de répondre à la convocation et de s'aventurer dans un tel périple lui parut sur l'instant impossible. Comment pouvait-on lui faire ça, à lui, JKM, qui avait coûté si peu à la société ? Un peu d'école, pas de soin, aucun séjour en prison, sa contribution à l'endettement de l'État ne pesait guère plus qu'une plume de colibri, sa participation au creusement du gouffre budgétaire s'apparentait à une marge d'erreur, infinitésimale. Il n'en revenait toujours pas de cet acharnement. Il se sentit persécuté.

JKM devait passer à l'action, prendre son destin en main, résister ! Il se dit qu'il pourrait prétendre ne pas avoir reçu de messages. C'était risqué, son opérateur téléphonique devait sans doute être de mèche, il coopérerait avec les services de *Justice pour Tous*, qui enverraient sur le champ les agents excités de *Sécurité pour Tous* le rafler jusque dans son lit (après avoir enfoncé la porte d'un coup de bélier métallique, ils aimaient bien ça les Bleus cuirassés et casqués, déglinguer une porte à coup de bélier métallique à peine quelques secondes après avoir sonné) et le tirer par la peau des fesses jusqu'au Lycée Francis-Lalanne, devenu, le temps d'un été bouillant, un centre de rééducation pour assistés oisifs, la vermine des profiteurs. JKM renonça à cette première option. Il réfléchit longuement, sans succomber à la première *Pils* du jour, elle ne serait pas bonne alliée en la circonstance. Les minutes, puis les heures passèrent, alors que chaque heure un message de Djamila vibrait sur le téléphone portable. Au bout d'un moment, plongé dans sa réflexion, JKM ne prêta plus attention aux coups de boutoir du spectre électronique. Les alternatives ne se bousculaient pas au portillon de son dilemme. En milieu d'après-midi, épuisé et assoiffé, un unique moyen émergea, pas le plus glorieux pour un seigneur à la tête d'un immense fief, mais cela lui apparut comme l'ultime recours : se faire porter pâle. Ça passerait par un certificat médical, on peut contraindre un pauvre, mais pas un malade, et encore moins un pauvre malade. JKM n'en fut pas tout à fait certain, mais il fallait tenter. Il s'habilla et descendit de son perchoir du troisième étage pour gagner le cabinet du docteur Merguez, le dernier praticien du quartier, englué au rez-de-chaussée du bâtiment D.

*

À son arrivée au cabinet, JKM remarqua que la plaque du médecin avait une fois de plus subi une gentille dégradation. Le nom Merguez avait été nerveusement barré, un large graffiti lui préférait « Chipo » (c'était le surnom du docteur dans la cité), une deuxième inscription en lettres enfantines ajoutait « os erbe » et une troisième précisait « weed » (sans faute cette fois, on ne plaisantait pas avec les questions sérieuses dans la cité). JKM toussota, mais il perdit son sourire étouffé aussitôt la porte du cabinet ouverte : la salle d'attente était pleine, une dizaine de personnes avant lui. Il patienterait des heures. Ça ne le dérangeait pas à vrai dire, il avait l'habitude d'attendre, chaque jour qui passait se résumait à une longue attente, mais aujourd'hui il aurait préféré faire vite. JKM ne savait pas pourquoi un sentiment d'urgence l'avait subitement envahi depuis son réveil, peut-être l'insistance de Djamila, dont les messages continuaient de s'écraser sur l'écran de son téléphone comme des obus pilonnent avec allégresse le cœur d'une tranchée.

La salle d'attente ne présentait aucune originalité. Lugubre comme partout dans la cité, elle partageait de nombreux points communs avec le hall de *Job pour Tous*, notamment par les affiches de prévention qui tapissaient des murs décrépis et moisis, avec encore plein de numéros verts qui se précipitaient au secours de la santé des patients. « Les numéros verts sauveront le monde », pensa

JKM de plus en plus convaincu. Sur un panneau en liège, un tas de documents pliés en deux et punaisés attendaient leur bénéficiaire, des ordonnances, et SURTOUT des arrêts maladies, à foison. JKM reprit espoir, il se trouvait au bon endroit, la solution à son dilemme s'écrirait sous la plume du Docteur Merguez.

Il n'était pas venu au cabinet depuis quinze, peut-être vingt ans, et un vaccin obligatoire. Le dernier rendez-vous remontait à un temps où JKM s'inquiétait encore de sa santé, à une époque où, malgré son naufrage scolaire, il croyait en un avenir, pas un avenir fabuleux non, il était réaliste et ne prétendait pas à ça, mais de doux lendemains tout de même, un rêve classique, avec une épouse aimante et deux ou trois mioches dont les cris et les jeux éveilleraient une maison joyeuse. Depuis, il avait sérieusement déchanté, la vie s'était occupée de briser l'élan et les modestes ambitions, mais les principales maladies, surtout les plus graves, l'avaient généreusement épargné. Un rhume le contrariait parfois au retour de l'hiver et de ses froides températures, il comptait deux ou trois dents pourries, elles tombaient toutes seules une fois la racine rongée jusqu'à l'os, sans grandes douleurs. En somme, JKM allait à peu près bien et, en l'état, sa présence dans un cabinet médical lui sembla incongrue. Il eut honte, un court ins-

tant, avant de se raviser et de se dire que, dans
l'affaire, il était davantage la victime d'une agression.

Le docteur Merguez appelait ses patients les
uns après les autres sans sortir de son bureau, il
prenait un temps fou avec chacun d'eux. La soirée
pointait quand le tour de JKM sonna, il était le
dernier dans la salle d'attente. « Alamooooooo »,
entendit-il. La voix faible lui parut tellement lointaine qu'il se demanda si le docteur l'appelait
bien. Il se leva, prudent, et se dirigea vers le bureau. Un vieil homme l'attendait, effondré sur son
fauteuil, stéthoscope au cou, stylo à la main. JKM
ne reconnut pas Merguez, il avait tellement vieilli
depuis leur dernière rencontre. Quel âge pouvait-il
avoir ? 80 ans ? 90 ? On aurait dit un antique dirigeant de l'Union soviétique à la fin de la Guerre
froide, la panoplie de médailles en moins.

— Alamoooo ? demanda le croulant, en regardant par-dessus la monture de ses lunettes en demi-lune (un des verres était éclaté comme un
pare-brise après un choc à cent trente kilomètres
heure). Je te connais mon petit, tu venais autrefois,
avec ta mère... et ta sœur... Qu'est-ce qui
t'amène ?

JKM ne dit rien, il s'assit et fit face au docteur
Merguez, dont les paupières commençaient à

s’affaisser. JKM comprit qu’il devait saisir sa chance :

— Je me sens pas très bien, engagea-t-il d’un ton fragile.

Il essayait de jouer le malade, sans talent, comme toujours. Il entendit un ronflement léger lui répondre. JKM haussa un peu la voix.

— Je me sens pas bien !

Merguez sursauta sur son fauteuil.

— Ah, tu es encore là mon petit. Donc, tu as mal aux reins, c’est ça ?

— Non, mais je ne me sens pas bien, persista JKM.

Merguez ouvrit grand les yeux, soudain curieux.

— Tu as mal où ? Quand on ne se sent pas bien, on a mal quelque part.

JKM ne savait quoi répondre, alors il reprit, honnête :

— J’ai besoin d’un arrêt maladie, docteur.

Merguez lui parut contrarié, ses lèvres serrées allaient et venaient d’un coin à l’autre du visage dans une moue d'hésitation.

— Tu dois être malade pour avoir un arrêt, reprit-il. Tu travailles où ?

JKM hésita longuement.

— Je ne travaille pas, j'ai le revenu solidaire.

— Mais tu n'as pas besoin d'arrêt maladie mon grand ! C'est pour les travailleurs ça, pas pour toi.

JKM se dit qu'il expliquerait la situation au docteur Merguez, les réformes contre les profiteurs, l'injustice, et tout le cortège, mais le temps qu'il cherche ses mots, qu'il construise des phrases convaincantes, le vieux médecin s'était de nouveau assoupi sur son fauteuil, dans un ronflement plus profond. JKM comprit alors qu'il lui serait inutile de s'escrimer à défendre une cause perdue d'avance que même un docteur d'une cité oubliée ne comprenait pas. Il pensa un instant subtiliser un formulaire d'arrêt et le remplir lui-même, ou bien encore détourner l'un des sauf-conduits punaisés sur le tableau de liège, il n'aurait plus qu'à biffer le nom et le remplacer par le sien, mais il renonça. On le surprendrait peut-être et il ne saurait quoi répondre pour se justifier, à part faire de son malheur personnel un alibi d'occasion, alors que tout le monde s'en cognait de son malheur, les tours qui encerclaient le parvis du *Promo* en

contenaient tant, pourquoi la peine de JKM mériterait plus grande attention, hein ? Qui serait là
pour s'en soucier ? Qui ? Pas grand monde.

JKM se leva, il chaparda une boîte de paracétamol qui se languissait sur le bureau encombré et
poussiéreux du docteur Merguez, définitivement
cramé, puis s'en retourna sur ses terres. Le lendemain, il devrait se lever tôt, trop tôt pour lui et
son rythme de vie calibré, chercher l'arrêt de bus,
planifier le trajet. Alors que la nuit poignait dans
le ciel clair, toutes ces tâches parurent insurmontables à JKM. Il but quelque *Pils* sans plaisir, la
gorge serrée, puis il se coucha, ne trouvant pas le
sommeil, tel un condamné à mort la veille de son
exécution.

23.

Finalement, JKM ne dormit pas, enfin, il n'eut pas souvenir de s'être assoupi quand les premières lueurs de l'aube s'invitèrent par les fenêtres béantes du vaste fief, le linoléum étincelait, comme à New York. Il était un peu plus de six heures. Une *Pils* fraîche dégourdit le corps frêle qui s'étirait péniblement. Une deuxième après une toilette approximative réveilla définitivement JKM (il appréciait beaucoup le mélange du goût mentholé du dentifrice premier prix avec l'amertume de la bière). Vers six heures vingt-cinq, habillé de son tee-shirt aux éclairs pétants et d'un panta-court jaune fluo, il s'autorisa un troisième compri-mé. Il n'avait rien mangé depuis le déjeuner de la veille, la tête tournait un peu. Il aimait bien sortir embrumé de chez lui, il avait l'impression que le monde extérieur lui apparaîtrait moins hostile une fois perdu dans les vapeurs d'alcool. Il embarqua une quatrième cartouche pour le trajet (il en avait pris une cinquième qu'il déposa cependant avant de partir, il fallait être raisonnable).

Parvenu à l'arrêt de bus du parc Doc-Gynéco, il déchanta. Une angoisse subite le saisit à la vue de la foule impressionnante qui attendait l'autocar de six heures quarante-huit, des ouvriers, un ou deux étudiants, enfin un ou deux jeunes avec un sac à dos d'écolier, des voilées, des bambins, des vieux, comme si la cité s'était donné rendez-vous pour le bus de six heures quarante-huit. JKM se demanda comment tout ce monde pourrait entrer dans un bus de ville. Il pensa attendre le suivant, mais il n'était prévu qu'à sept heures trente-deux. Avec la circulation dense, les retards, il ne pourrait arriver à temps au lycée Francis-Lalanne. Trop risqué. Le bus arriva dix minutes après l'horaire prévu, il était déjà rempli. Des Africaines aux regards vides et creusés en descendirent, elles venaient des parallélépipèdes où elles avaient briqué les bureaux et les chiottes des costumes-cravates et des mini-jupes, elles y retourneraient le soir, une fois les étages désertés. JKM fut pris de court quand les ouvriers se précipitèrent dans la carlingue rouillée, ça poussait, ça hurlait, ça s'insultait, ça jouait des coudes, JKM se serait cru dans une mêlée de rugby, ou n'importe quels autres sports de ce genre dans lesquels les garçons aiment se frotter. Mi-agacé, mi-désespéré, le chauffeur en sueur, debout sur son trône, criait des consignes pour essayer de faire entrer tout le monde dans son vaisseau, qui se perdaient dans le grand brouhaha avant même de parvenir au fond du véhicule. Quand les portes se refermèrent enfin, JKM se trouvait collé contre une vitre, sous un bras puissant et odorant qui tenait une barre fixée au plafonnier. Il se serait cru dans les rayons du

Promo. Il se dit que dans ces conditions il vomirait avant le terme du voyage, il ne s'était jamais senti à l'aise dans les bus, encore moins compressé contre un plexiglas baigné de sueur. Cinq ou six arrêts plus loin, la horde ouvrière quitta le navire et une bourrasque tiède s'engouffra dans le bus à demi vide, JKM respira un peu mieux. Il en profita pour écluser la balle du shériff, par petites gorgées délicates. Il se souvint aussi qu'il n'avait pas de titre de transport, les contrôleurs pouvaient surgir à tout moment, il resta à l'affût comme un chasseur qui guette sa proie. Au moindre ralentissement du bus, il pensa que le chauffeur préparait l'abordage des vérificateurs de titres, son cœur s'emballait. Les arrêts défilèrent alors que sur un écran aux couleurs fades s'égrainaient les prévisions météorologiques (la canicule, toujours la canicule) puis un horoscope fantaisiste qui promettait aux signes du Lion l'amour et la fortune, tout en préconisant de porter une petite laine pour ne pas prendre froid. L'autobus avait dû se perdre dans une faille spatio-temporelle. À sept heures vingt-quatre, la pendule du bus était formelle, JKM descendit à l'arrêt Charles-Pasqua, dans la rue du même nom, adjacente à l'avenue Nicolas-Sarkozy où somnolait encore le lycée Francis-Lalanne. Largement en avance, JKM flâna dans le quartier verdoyant. Il ne se souvint pas être déjà venu dans ces contrées éloignées de sa cité, même pas au prétexte d'une visite scolaire (à deux cents mètres, triomphait le Musée national du Racisme). Le lycée, avec ses espaces vitrés et ses grandes armatures métalliques, ressemblait beaucoup aux parallélépipèdes d'outre-canyon, il devait être richement équipé et accueillir des élèves sages et bien habillés, ils y suivaient un enseignement solide et rigoureux, on y formait les futures élites, les patrons de demain, aux entreprises abreuvées d'abondantes subventions, ou encore les administrateurs d'un État en perdition, ils le sauveraient peut-être cet État, JKM en était convaincu, en tout cas on les instruisait dans ce sens.

Des pavillons à étage, coquets et fleuris, s'étalaient avec faste autour de l'établissement scolaire, le long de voies larges et propres, où des voitures électriques croupissaient. JKM se trouva fort embêté avec sa cannette vide dans la main, il ne savait où il pourrait s'en débarrasser et vu l'ambiance, impossible de l'abandonner dans le caniveau. Il avait repéré des caméras de surveillance, juchées sur des réverbères stylisés, comme il n'en avait jamais vu, avec de belles formes arrondies et soignées. Elles devaient fonctionner les caméras, dans les quartiers huppés tout fonctionne. Un type dans son poste de contrôle au mille écrans surveillait sans doute les faits et gestes des passants. JKM se sentit épié, poursuivi par les viseurs qui pivotaient en haut des miradors lumineux, les caméras le traquaient, il en était persuadé. Il angoissa sérieusement et accéléra le pas, à la recherche d'un angle mort pour s'y cacher. Il voulut courir pour échapper aux regards inquisiteurs qui le survolaient, mais il se dit qu'il ne pouvait arriver en sueur à un rendez-vous aussi important. JKM retint sa respiration et avança tête droite vers le lycée, d'un pas rythmé, quasi militaire, sans accroc, il pensait qu'avec une telle démarche on ne le repérerait pas.

JKM parvint enfin à la grille d'entrée du lycée, d'une hauteur impressionnante, où une myriade de caméras le scrutèrent à nouveau, il se demanda combien de fois on lui avait tiré le portrait depuis la descente du bus. Un colosse en uniforme l'accueillit par un relevé d'empreintes, « pas besoin de photo, on l'a déjà, ah ! ah ! ah ! », plaisanta son hôte, en montrant d'un geste du visage les caméras qui pirouettaient de haut en bas en guise de coucou de bienvenue. JKM se dit qu'il avait peut-être confondu le lycée Francis-Lalanne avec le commissariat du quartier, mais non, l'armoire à glace fut formelle, JKM se trouvait à la bonne adresse. « Chouette tee-shirt ! » lui lança le cerbère tout en indiquant d'un bras tendu la salle où la formation serait dispensée. JKM fut impressionné par l'endroit, soigné, climatisé, équipé de larges fauteuils revêtus d'un tissu bleu soyeux. Il était arrivé le premier. Il s'enfonça dans un fauteuil de la dernière rangée, croisa les bras. Le sommeil l'emporta.

*

JKM fut réveillé par Samy, un profiteur convoqué comme lui à la formation. Il avait l'air sympa Samy, avec son sourire ébréché. Une dizaine de personnes étaient à présent installées. Devant eux un jeune formateur en flanelle, fouillait fébrilement dans ses dossiers, sous le regard de l'armoire à glace plantée près de la porte. Les stagiaires sont partout, pensa JKM en dévisageant le guide du jour. Il ne connaissait personne dans la salle alors qu'une bonne moitié venait de la même cité que lui, un tour de table le révéla (drôle d'expression quand la seule table est celle du formateur et que personne n'en a réellement fait le tour). Il fallait se lever, décliner nom, quartier, qualités. JKM fit simple, la prise de parole en public le tétanisait : « Momo Alamo, Cité Mc-Solaar, euh... qualités... euh... je sais pas », et il se rassit. Son voisin Samy s'engagea pour sa part dans un petit discours, il avait beaucoup de qualités à l'en croire : en maçonnerie, en téléphonie, un peu électricien aussi, pas trop plombier, courageux, serviable, il se décrivit rigolard comme un profiteur dynamique. La salle rit, JKM toussota, mais

166

le formateur courroucé interrompit le numéro de Samy, invoquant des impératifs horaires. Il fut presque onze heures quand la présentation générale se termina. L'expérimenté Samy se pencha vers JKM : « quand un tour de table dure aussi longtemps, ça veut dire que le peigne cul n'a pas grand-chose à nous raconter, il mange la pendule », puis il lui fit un clin d'œil complice. JKM le crut sur parole. La suite de la matinée s'étira dans une justification longue et confuse de la décision du gouvernement, le formateur bafouillait beaucoup, son affaire ne parut pas très préparée, il avait raison Samy. En résumé, l'État mobilisait toutes ses forces vives, au service des citoyens contribuables. « On sera payé combien ? » tenta Samy toutes dents dehors. On ricana dans les rangs, il était beaucoup moins drôle tout d'un coup. Le formateur s'agaça, mais, incapable de rétablir un semblant de silence, il décréta la pause déjeuner, il n'était pas encore midi. Reprise des travaux à quatorze heures.

JKM n'avait rien prévu pour le ravitaillement méridien, Samy non plus. Ils étaient tous les deux fauchés, mais cela n'inquiétait pas Samy. Il demanda à JKM ce qu'il voulait (un sandwich et une bière) et lui promit de vite revenir. Quinze minutes plus tard, Samy réapparut, haletant, il avait couru. « Tiens ! », dit-il essoufflé en tendant à

JKM sa commande, « il y a un *Rond-Point Market* à deux rues d'ici ». Samy avait du goût : il avait sélectionné dans sa fuite un triangle rosette-cornichons-moutarde (25 % de sel en moins vantait l'étiquette) et une arrogante *PilsMeister 8,6 %*, à la saveur lourde et épaisse. Avec un tel repas, JKM allait s'envoler !

Samy raconta sa vie pendant que JKM se concentrait sur chaque micro gorgée de bière, satisfait. Il avait pas mal voyagé Samy, aux quatre coins du pays, de chantier en chantier, s'était marié trois fois, divorcé autant, avait quatre enfants, peut-être cinq, il devait deux pensions alimentaires qu'il ne réglait pas, il avoua trois séjours en prison, dix-huit gardes à vue, douze stages de réinsertion. Une riche expérience en somme. À présent, il tentait sa chance dans le *stand up*, « mais c'est pas facile », reconnaissait-il, « faut du réseau », et à *Job pour Tous* aucune formation ne correspondait à son ambition du moment, à part un Perfectionnement Cirque option Clown qu'il déclina poliment, pas son genre d'humour, précipitant la suppression de son allocation chômage et son intégration forcée dans le groupe des profiteurs-assistés et leur grassouillet revenu solidaire. « Le début de la fin », concéda Samy, subitement morose. Il avait touché le fond, il n'existait plus rien après, aucune descente possible, à part six pieds sous terre. On se sent toujours à peu près bien, ou pas trop mal du moins, quand on sait qu'il y a pire encore que soi, mais une fois que, au terme d'un prodigieux déclassement accéléré par une administration inflexible, vous incarnez le pire, la vie se transforme en une errance inconfortable, comme si l'on était perdu au milieu de l'océan sur un bateau sans voile ni moteur. On divague. Samy divaguait, il devenait moins marrant, JKM eut hâte que la pause s'interrompît.

*

À quatorze heures, ils n'étaient plus que huit dans la salle. Deux ou trois profiteurs avaient choisi l'auto-destruction, héroïques. Le formateur revint, toujours escorté de l'armoire à glace. Ils semblaient plus détendus, guillerets, ils avaient dû picoler à table, pensa JKM. L'après-midi serait consacrée à un atelier, une mise en situation « entre formation et co-développement » qui permettrait aux stagiaires-bagnards « d'optimiser le retour sur investissement de la journée » une fois en poste dans une des administrations de l'État déliquescent. JKM n'y comprit rien. Le formateur projeta au mur un plan d'intervention qu'il déroula étape par étape :

169

Étape 1. Exposé par le proposant

Étape 2. Clarification par questions du groupe

Étape 3. Mise en situation avec des jeux de rôle

Étape 4. Coaching sur la forme et sur le fond par le groupe

Étape 5. Mise en situation en inversant les positions

Étape 6. Débriefing complet du proposant et du groupe : le proposant sur ce qu'il comprend de son interlocuteur et quoi faire de différent dans le futur, regard du groupe sur la situation, analyse des options de forme et de fond

Étape 7. Conseils formateur et synthèse avec *input* managérial

Étape 8. Plan d'action/d'engagement

Le formateur avait l'air content de lui en lisant son *powerpoint* aux animations hollywoodiennes, il cherchait à vendre du rêve avec « un nouveau job qui bouscule des habitudes trop solidement ancrées dans un quotidien oisif ». JKM se reconnut dans la description du type habitué à ne rien branler, il était la bonne cible, mais il ne comprenait toujours rien au jargon employé, c'était du chinois. Il ne put compter sur le soutien de Samy qui s'était discrètement assoupi, plicaturé sur trois chaises alignées.

Au terme de son long exposé, le formateur demanda aux profiteurs de constituer deux groupes, dans chacun desquels un « proposant » devait exposer « une situation imprévue (il insistait sur le caractère *imprévu*) qui déstabiliserait un service administratif (étape 1) ». Il frappa un grand coup dans ses mains, réjoui, « c'est parti ! » brailla-t-il (Samy sursauta), le manège était lancé. Deux assistés zélés se désignèrent « proposants », les yeux du guide suprême brillèrent de plaisir, « un homme et une femme, la parité, magnifique ! » commenta-t-il. Dans ces situations actives, les formateurs savaient qu'ils pouvaient toujours compter sur des fayots assoiffés de reconnaissance et de lumière, leur dévouement était la clé de voûte de l'atelier, ils incarnaient la réussite de la formation. JKM intégra avec Samy et un fantôme muet le groupe d'une petite grosse aussi joyeuse qu'idiote et inconsciente. Malgré l'hyper-activité de la cheffe, la petite troupe buta cependant sur la situation imprévue, ils avaient du mal à s'accorder, surtout Samy et la cheffe, JKM et le spectre n'en avaient rien à cirer de l'imprévu, leur pire ennemi. Samy proposa d'abord qu'un commando d'éco-terroristes antispécistes pourraient faire irruption dans un service de *Finances pour Tous*. La cheffe refusa, elle aurait bien transigé si les malfrats étaient plutôt des islamistes infiltrés dans un bahut de *Savoir pour Tous*, mais Samy protesta à son tour. Le duo cogitait dur, les minutes défilaient, l'étape 1 s'éternisait. « Ah ! », s'exclama la *leader minimina*, avec le visage lumineux d'un prix Nobel venant de dompter une molécule rare, « et si un transgenre vient se plaindre que le formulaire qu'il doit remplir n'a pas la case en "transition" et qu'il, ou elle, parce qu'on sait jamais avec ces gens-là, hein, pète un scandale, c'est une super idée ça, non ? ». Samy la fixa, horrifié : « et il est islamiste ton trans ? ». Une violente dispute éclata entre les deux, la cheffe d'opérette sanglotait, Samy la traitait de tous les noms, « grosse pute » revenant le plus souvent cependant. Ils étaient au bord d'en venir aux mains quand le formateur, armé d'une feuille A4 vierge qu'il agitait en guise de drapeau blanc, rejoignit le groupe pour apaiser la tension et les guider vers une situation consensuelle : « et si l'imprévu n'était pas plus simplement que le service n'a plus les formulaires indispensables à son bon fonctionnement ? » Il avait l'air tellement convaincu et la grosse petite cheffe si empressée de lui lécher le cul, en essuyant ses larmes, que Samy renonça finalement à lutter plus encore. La suite de l'atelier fut un calvaire interminable pour tous, la présentation que la cheftaine fit de leurs travaux fut plate et confuse, donnant au formateur les arguments pour les démonter, tout en les félicitant de leur engagement. Le spectre sourit. Samy refusa d'inverser les positions (étape 5). JKM ne se souvint plus trop de la suite (étapes 6 à 8), il s'était endormi. Samy le réveilla d'un coup de coude pour l'informer que la formation était finie. On lui délivra une attestation de présence, son infâme pécule était sauvé, il était prêt à affronter le Zède-Zède, l'administration le certifiait. Youpi !

24

Trois jours passèrent, trois jours sans péripéties ni périple, trois jours sans les injonctions de Djamila, sans une urgence à calmer sur-le-champ. Trois jours de plaisirs simples que JKM goûtait avec une satisfaction décuplée bien qu'ils furent des plus banals et routiniers. Il reprit la cadence des *Pils*, rythmée et régulière comme une marche militaire exécutée par une fanfare ronflante. Le mardi, Paulo s'invita le soir, histoire de prendre des nouvelles (« T'as disparu mon Momo ! T'as une nouvelle meuf ? », il ne pensait qu'à ça le livreur sans permis), il en profita pour engloutir les trois steaks abandonnés dans le freezer, avec une DLUO horrifiante, mais Paulo n'avait rien vu, et puis il se les envoyait durs comme de la semelle, du bien cuit fait rarement du mal aux boyaux. K2 dormit cette nuit-là chez JKM (toujours des problèmes avec Vaness', et Jésus n'était pas encore intervenu pour apaiser la tension), les poches pleines d'une beuh déroutante, jaune et puissante, de l'algérienne précisa-t-il (il était assez regardant sur la provenance), elle était moins pittoresque que l'azerbaïdjanaise et tout le monde pouvait en situer la provenance, enfin, pas trop K2 pour qui le monde ressemblait davantage à un halo flou aux frontières incertaines, tout territoire situé hors de la cité n'était qu'une pièce inconnue d'une ga-

laxie encore plus inconnue, quasi non-identifiable.
Tout comme JKM, loin des bâtiments lézardés et
bruyants du quartier, il n'était qu'un OVNI perdu.

Le mercredi, JKM honora le rendez-vous du
banc du parc, à l'heure. Chouf ne vint pas. Il avait
complètement disparu de la circulation, sans
doute enquillait-il les heures supplémentaires au
Rond-Point pour célébrer la hardiesse de Gwladys.
L'héroïsme du « STOP » a un coût, démesuré,
mais il n'a pas de prix si la dignité ressort intacte
du combat. JKM admirait sincèrement l'engagement de Jérôme pour sa sœur dont la société ne
pouvait percevoir les contours dramatiques d'une
vie pourrie et douloureuse, ni même envisager son
existence, dans une époque rance, aussi moisie
que les caves du bâtiment B, où les pouvoirs assi-
milaient l'oisiveté, même contrainte par le désespoir ou le handicap invisible, à une fainéantise
crasse. La peine qu'on réservait aux cancrelats
était amplement méritée aux yeux du monde laborieux manipulé par des élites bourgeoises et
leurs médias aux ordres, cette peine valait autant
que les punitions divines qui s'abattaient dans les
livres religieux sur des peuples insolents, elle dé-
truirait les nuisibles avec la même force, Vaness'
expliquait bien tout ça après deux ou trois whisky-
coca. JKM pourrait lui dire à Samy, s'il le revoyait
un jour, qu'il y avait pire que lui, en racontant la

vie de Gwladys et de tous ces héros qui ne se sont pas couchés devant la horde assoiffée de haine et de violence, et dont la vie serait bientôt plus calamiteuse que la sienne, ça le réconforterait peut-être, la perspective de savoir que l'on pouvait descendre encore plus bas, poursuivre le chemin vers un déclassement complet et fatal, en pressant l'accélérateur du « STOP ».

Le jeudi, Damila resta encore muette, JKM s'inquiéta un peu, et si elle l'avait oublié ? L'idée aurait pu lui convenir si les conséquences furent douces, il avait l'habitude qu'on ne pense pas à lui, mais Djamila et sa clique s'étaient montrées si insistantes, elles ne pouvaient se passer de lui. Non, non, il fallait être patient, pensa-t-il, apaisé par deux *Pils* fraîches et gouleyantes. JKM réveilla K2 qui avait encore dormi chez lui sur le linoléum lumineux (l'intercession de Jésus tardait), ils allumèrent un cône copieux comme un kebab d'ouvrier et tirèrent dessus, à tour de rôle, dans un pieux silence, par petites bouffées délicates, quand des cris les interpellèrent. Ils se précipitèrent à la fenêtre : Guidon rossait sur le parvis du *Promo* un adolescent qui hurlait à chaque coup de pied que son ventre maigre encaissait, sous le regard de passants apathiques et de smartphones qui ne manquaient pas un instant de la correction.

— Quel enculé ce Guidon ! commenta K2, accoudé sur le montant de la fenêtre comme un spectateur sur le bord d'un ring de boxe.

JKM s'en cognait, il avait sans doute chapardé un truc l'ado, c'était bien fait pour lui. Il pensa que Guidon avait raison, les voleurs devaient payer, il en allait de la survie du *Promo*.

— Oh ! Guidon ! Oh ! Arrête, où je descends t'en coller une ! hurlait K2 un peu excité (la beuh de la Mitidja sans doute).

JKM lui donna des coups de coude sur les côtes, comme autant de petits « tais-toi », mais c'était peine perdue. Guidon rendait la justice lui-même, dans son magasin et sur le parvis il était tout, le roi, le policier et le juge, il exerçait un pouvoir absolu, sans limites. Les voleurs devaient le savoir. Souvent, à son installation quinze ou vingt ans plus tôt, Guidon avait appelé les flics quand il surprenait un filou en train de se remplir les poches, mais la cavalerie ne venait jamais, on ne volait rien de précieux au *Promo*, juste de la camelote emballée dans des paquets aux couleurs clinquantes. Guidon appelait les parents des gamins chapardeurs, qui ne venaient pas non plus récupérer leur marmaille insolente. Le patron collait alors deux tartes épaisses au jeune brigand qui repartait la joue bien gonflée en guise de preuve de vol.

— Oh ! Arrête Guidon ! beuglait toujours K2 alors que le gamin s'en prenait encore plein la tronche trois étages plus bas.

Les coups de coude de JKM n'avaient aucun effet sur son pote, trop mous peut-être. Il tira K2 par le tee-shirt en arrière.

— Viens, il a raison le Guidon ! Tu imagines le quartier sans *Promo*, c'est tout ce qui nous reste, justifia-t-il.

Pourtant, comme tous les habitants du quartier, JKM n'avait guère d'estime pour Guidon, une raclure égoïste qui faisait son beurre sur la misère des assistés désœuvrés et des humbles laborieux qui luttaient du petit matin au crépuscule pour s'en sortir. Personne dans un rayon de cinq cents mètres, peut-être plus, ne pouvait s'en sortir sans les promotions du Guidon, indispensables et souvent délirantes une fois oubliées les dates de péremption hors normes des produits vendus. L'irruption du boutiquier dans la cité Mc-Solaar remontait à une vingtaine d'années, il sortait de nulle part le Guidon, en tout cas il n'avait pas le profil des lieux, avec sa blouse bleu usine impeccable et sa moustache peignée et cirée, surmontée de lunettes aux larges montures, elles-mêmes chapeautées d'un épais mono-sourcil qui barrait le visage d'une oreille à l'autre. Guidon ne souriait jamais, regard sombre et front plissé. C'était pas un tendre. On ne le voyait jamais arriver ni repartir, personne ne pouvait dire où il créchait, ni même s'il avait une voiture (sinon des clients mécontents l'auraient brûlée depuis un bail déjà, il aurait dû en changer souvent). Dans la cité, on fantasmait sur le Guidon, on lui inventait mille vies : ancien flic d'une brigade sans foi ni loi à la matraque légère dans des manifestations de gauchistes, légionnaire sur des champs de bataille exotiques à buter du coloré ou du bridé, champion retraité d'un art martial asiatique où l'on s'envoie de grands coups de lattes, avant de se prendre dans les bras et de s'embrasser, une fois le duel arbitré, ou encore *manager* toxique et brutal dans une boîte de la grande distribution (entre autres vies). Tout était possible, et comme Guidon ne répondait à aucune question sur son passé, jamais surpris par les interrogations indiscrètes, même lancées à la cantonade, il restait une énigme, pour tout le monde. Patron sans empire, monarque sans sujet (hormis Fatoumata la fidèle caissière), Guidon incarnait cependant l'indispensable, l'incontournable, aussi inamovible que les tours de misère qui cernaient son lugubre magasin.

Ce jour-là, Patrick Guidon, épicier-boutiquier de son état, amocha sérieusement Nabil treize ans, qui avait subtilisé une barquette de dattes à

quatre-vingt-dix-neuf centimes (promotion déduite
en caisse).

25.

Le vendredi, à son réveil en début d'après-midi, JKM alluma son téléphone (les notifications nocturnes le faisant tressaillir, JKM considéra qu'éteindre l'appareil pendant son sommeil fut la solution la plus adaptée pour une nuit à peu près tranquille). Aussitôt, une salve de bips comme autant de SMS torpilla son minuscule écran, il tressauta, effrayé. Djamila, encore et toujours, elle ne l'avait pas oublié, la garce ! Six messages ! Une nouvelle convocation répétée, réitérée, redite, rabâchée, il en avait plus que marre de cet harcèlement et voulut jeter le téléphone contre le mur face au lit comme une voiture s'écrase contre un platane d'une route arborée de campagne, mais il se ravisa, il n'avait pas les moyens d'en acheter un autre en cas de déflagration fatale, même un bas de gamme chinois, et puis il avait mal au bras, pas la force de lancer, il avait dû pioncer lourdement affalé dessus, la marque de son oreille gauche bien imprimée sur sa peau l'attestait. Cette fois, l'insistante Djamila l'invitait directement au Zède-Zède, sans passer par la case *Job pour Tous*, il prendrait son service au collège dès le lundi, pour une rentrée anticipée : dans les territoires perdus, *Savoir pour Tous* aimait bien faire croire qu'elle prenait un soin particulier à rendre possible la réussite des minables, alors elle faisait reprendre

tout le monde plus tôt, une bonne dizaine de jours
avant les autres écoliers du pays qui aborderaient
la rentrée sereins, sans lacunes, le sac à dos plein
de fournitures neuves et raffinées. Le calvaire aurait donc une suite. JKM allait poser le diabolique
appareil quand il s'aperçut qu'un message non lu
avait échappé à sa vigilance. Il fut surpris. C'était
Brenda, avec son amabilité coutumière :

> ramaine ta carcace d'alcolo ducon, maman
> va pa bien

JKM n'avait plus reçu (ni pris) de nouvelles de
sa sœur et de sa mère depuis douze ans et la mort
du père, desséché d'une cirrhose brutale et carabinée, une maladie soudaine et imparable, offerte à
retardement par le litron quotidien d'un pastis
premier prix, celui avec des cigales joyeuses et festives sur l'étiquette, avalé joyeusement lors de soi-
rées trop longues. JKM apercevait parfois sa mère,
cheminant avec peine vers le *Promo* pour y faire
de misérables emplettes, il connaissait ses habitudes (on aimait bien la routine chez les Alamo) et
observait, depuis la fenêtre du vaste palais, la
brindille plissée déambuler sur le parvis avec son
cabas à roulettes. Il ne savait plus très bien pourquoi il s'était fâché avec elle, et même s'il y avait
eu fâcherie d'ailleurs. À l'époque, il fumait beaucoup de cônes avec K2 et Chouf, en plus de son

rythme de *Pils* acquis assez jeune. Forcément, le passé ressemblait à un vaste brouillard dans lequel il peinait à présent à se repérer. Pour une fois, ébranlé par le SMS de Brenda-la-pute, il essaya de rassembler quelques indices dans sa mémoire afin de retracer une histoire familiale dont il n'avait pourtant que faire, au fond. Un cercueil en pin brut, sans fioritures, exposé sur la table de cuisine en formica recouverte d'une toile cirée décorée d'amphores, de vignes, de grappes de raisin et de champs de blé, avec de grandes inscriptions ARAGON, la région d'origine des Alamo ; une grosse pétasse chialant à voix haute, avachie sur la triste caisse, presque à califourchon ; une mère stoïque et muette sur une chaise posée face au père en boîte dans un dernier silence partagé, comme tous ceux qu'ils avaient partagés pendant trente et quelques années d'un mariage fade ; des ouvriers, collègues du père, s'envoyant en silence de larges rasades de l'infâme pastis à peine mouillé, « en hommage », avait insisté Sergio, noyé lui-même quelques mois plus tard dans des flots trop anisés ; un pasteur congolais, ou camerounais, JKM hésita, qui bafouillait des prières dans une langue inconnue, entre deux verres de pastis qu'il préférait au vin de messe ; Jimmy, le beau-frère, rigolard en toute occasion, même dans le chagrin, qui picolait une vodka musclée aux effluves d'essence, sans oublier de baffer les deux

gamins que Brenda lui avait confiés le temps d'exprimer sa spectaculaire douleur ; une odeur de
pourri, âcre, piquante, une ambiance irrespirable
dans le minuscule appartement du bâtiment E. Au
terme d'une veillée de deux jours, on procéda à
l'inhumation. Avant de quitter l'avant-dernière demeure, les ouvriers aspergèrent le père de son
pastis préféré et de larmes silencieuses, elles faisaient moins les fières les cigales sur l'étiquette
(enfin, c'était l'impression de JKM sur le moment,
il était rôti, en hommage au paternel, comme ne
cessait de le dire Sergio).

JKM se rendit compte que, finalement, alors
qu'il ne l'invoquait jamais, la scène de la cuisine
restait profondément ancrée dans sa mémoire, elle
l'avait saisi comme un tableau de maître happe un
observateur surpris par la lumière et la puissance
qui s'en dégagent. L'image de son père dans une
caisse en bois, maigre cadavre imbibé et arrosé, le
hanta des nuits durant. Il le détestait pourtant ce
père tyrannique qui ne parlait à ses enfants que
par grandes torgnoles, pour un oui ou pour un
non, des claques lourdes, avec ses grandes mains
aux doigts potelés de coffreur. Il était habile le
vieux pour corriger, bien plus que pour faire une
phrase sujet-verbe-complément. Et même quand il
faisait l'effort de discuter, on n'y comprenait rien
avec sa clope sans filtre au coin des lèvres dont le

maintien réduisait à néant tout effort d'articulation. Le père partait très tôt le matin, avant que les enfants ne furent levés, il revenait en fin d'après-midi, aviné, il entamait sa seconde journée, celle du pastis, avachi devant une télé qui débitait des émissions débiles jusqu'au bout de la nuit (JKM se souvint d'un animateur surexcité, il devait se poudrer le nez, humiliant à la moindre occasion les abrutis qui l'entouraient, mais qui consentaient à devenir des serpillières contre un chèque alléchant). JKM s'était toujours demandé comment son père faisait pour partir au travail avant le lever du jour, avec des restes de pastis dans le sang. Il était crevé le vieux, il s'esquintait au travail et à la maison, à trente ans il en faisait plus de cinquante. Prendre son billet pour le dernier voyage à quarante-six ans représentait en soi un exploit de longévité.

Et puis les jours d'après, une fois la misérable bière ensevelie avec son corps squelettique, alors que le vide et l'absence, peut-être le deuil, auraient dû faire leur œuvre, imposer le silence et le recueillement, dans le souvenir des moments joyeux, alors que le souvenir du visage souriant du père disparu aurait pu adoucir un chagrin plus grand qu'on ne voulait le montrer, les engueulades entre Brenda et la mère s'installèrent en les murs de l'appartement, des prises de tête à n'en plus finir, elles sonorisaient le quartier ces deux connes. Pour des papiers d'assurance, pour un famélique Livret A dont elles ignoraient pourtant le montant qui y croupissait, pour un vélo rouillé que Jimmy voulait à tout prix récupérer (il avait perdu son permis, une nuit, après un contrôle sur la veine du canyon, plus de trois grammes, presque quatre, les bleus furent effarés, ils se prirent en photo avec l'extraordinaire prise), ou pour des babioles, souvenirs de la jeunesse du père en Espagne. Jimmy, encore lui, avait déjà subtilisé, sur les conseils de Brenda, la réserve de pastis du père, une dizaine de cartons de six bouteilles (plus deux offertes), achetés l'été précédent lors du traditionnel pèlerinage sur les terres familiales d'Aragon. Il n'en avait pas beaucoup profité le vieux cette année-là, avec tous les séjours à l'hôpital pour cette fichue cirrhose. En Espagne, on en profitait pour recharger en clopes, en whisky, en vodka, bref on ramenait de quoi alimenter un bar-civette clandestin. Pour l'occasion, le père empruntait un van de chantier qui sentait le ciment, la sueur et les miasmes. L'aller, à vide ou presque, était usant, on dégobillait à foison, encore et encore, même une fois l'estomac vidé, on se cognait sur les parois, on se vautrait dans un dégueulis bileux. Le retour était plus calme, alanguis sur les cartons, on s'accordait une sieste chahutée, le ventre plein de *turon* caramélisés et de sangria bon marché. JKM se souvint qu'il clopait avec sa frangine, sous l'œil complice de leur père qu'il percevait dans le rétroviseur. Bien entendu, la mère conduisait, parce que le père, pendant ce temps, confortablement installé sur le siège passager, les jambes étendues sur le tableau de bord, testait la qualité de la marchandise, et surtout celle du pastis. Année après année, alors qu'il achetait la même marque, celle des cigales, il lui trouvait un goût différent au pastis, le père, « z'ont changé la recette », se plaignait-il, ce qui ne l'empêchait pas d'écluser avec méthode dans les mois qui suivaient toute la cargaison emportée, jusqu'au prochain périple.

Ça gueulait si fort et si souvent dans le ridicule appartement aux papiers peints jaunis, qu'un jour JKM décida de fuir. Il ne revint jamais dans le cloaque du bâtiment E, parmi les plus déglingués de la cité. Il coupa les ponts, histoire d'être tranquille, ne répondant plus aux appels de sa mère, assez rares du reste. Les semaines, les mois, puis les années filèrent sans que JKM, sa mère ou sa catin de sœur n'éprouvent l'envie de se voir, de reconstituer la famille disloquée, dont l'union ne résidait que dans l'autorité du père, un petit nazi dans son minuscule *Reich*. Avec sa disparition, la famille s'était effondrée, comme l'Allemagne d'Hitler s'éclipsa avec son guide. Le message de Brenda contraria JKM, profondément. Répondre ?

Oui, mais quoi ? Retourner sur les lieux de son
enfance ? Il ne savait que faire, quoi décider, putain de vie, elle lui envoyait d'un coup tant
d'épreuves à surmonter, il ne s'en sentit pas capable. Il se rendit dans la cuisine, ouvrit le réfrigérateur et saisit une *Pils*. Il la claqua cul sec, puis il
en saisit une deuxième dans le frigo encore ouvert, lui fit sa fête aussi, avant d'en attraper une
troisième qui l'accompagna dans le lit où il réflé-
chirait, à tête reposée, sur la conduite à adopter.

*

Le soir, l'esprit allégé par les réconfortantes
Pils, éclusées tout l'après-midi, JKM décida d'aller
chez sa mère. Il traîna sa maigre carcasse sous
une pluie d'orage forte et chaude. Il arriva trempé,
les gouttes ruisselaient sur ses cheveux gras et
épars. Dans le hall, il hésita longuement avant de
s'engager dans l'escalier qui le mènerait au premier étage dans le bourbier de son enfance. Arrivé devant la porte d'entrée, il s'engouffra sans
sonner, ainsi qu'il le faisait quand il y habitait. La
même odeur acide le saisit à peine un pied remis
dans l'appartement. Il entendit Brenda qui chialait
dans la cuisine, alors que Jimmy, un verre de vodka à la main, jouait à la console avec ses enfants.
JKM avança vers la cuisine, avec prudence, il tourna la tête : une boîte en pin brut, presque blanc,
sur la table revêtue de la nappe cirée aragonaise,

190

la même que pour le père douze ans plus tôt, la
sœur vautrée dessus, mais Brenda était devenue si
obèse qu'elle ne pouvait l'enfourcher cette fois.
JKM s'approcha lentement de la caisse, accueilli
par un cinglant : « Ah te voilà ducon ! T'en as mis
du temps ! » Il ne prêta pas attention à sa sœur,
s'avançant à petits pas de la boîte ouverte, une
crainte piquant son cœur. Il pencha la tête par-
dessus, sa mère était là, encore plus maigre, les
mains jointes sur le ventre, dans une longue robe
noire qui l'avalait complètement. Elle n'allait pas
bien du tout, effectivement. JKM se courba sur la
caisse, il embrassa sa mère sur le front fripé, une
dernière fois. Puis il s'en retourna, sans s'occuper
de Brenda qui vociférait et de sa clique bruyante,
il irait faire son deuil blotti dans son donjon, entouré des fidèles cannettes qui sauraient consoler
un chagrin étrange et sincère. Cindy viendrait
peut-être ragaillardir le seigneur touché en plein
cœur.

TROISIÈME TEMPS

26

Dans les jours et les nuits qui suivirent, JKM pensa beaucoup à sa mère. Il en rêva, il fit des cauchemars aussi, la revoyant dans son misérable cercueil, maigre et décharnée, prête à s'offrir aux vers. Il se dit que les pauvres lombrics resteraient sur leur faim, il n'y avait plus grand-chose à becter sur le cadavre froid et sec. JKM ne parvenait toujours pas à comprendre les raisons de la rupture, à qui en attribuer la responsabilité, si le manque d'amour avait vaincu les dernières velléités de souder la famille claudicante, ou si l'indifférence n'avait finalement emporté les fragiles relations vers un lointain abîme. On ne s'était jamais vraiment aimé chez les Alamo. JKM reconnaissait qu'il contribuât pour une part non négligeable à l'érosion des liens, il ne répondait plus aux appels et aux messages depuis quelques années déjà, ne donnait aucune nouvelle, même s'il savait que sa mère en avait, par des méandres tortueux, des intermédiaires guère fiables, avec comme dernier maillon pourri dans la chaîne d'information désorganisée la grande sœur Brenda, qui avait dû, à l'heure qu'il était, se lancer dans un inventaire tatillon de la minuscule enclave aragonaise, où il faudrait tout prendre, tout accaparer avant que le bailleur social ne redevienne le maître des lieux, tout piller comme l'envahisseur rebroussant chemin devant une armée qui reprend possession des siens territoires après les avoir un temps abandonnés à son ennemi.

On était lundi, jour de « prérentrée pour les personnels » comme on dit dans le milieu, un SMS de Djamila avait répété à JKM la date et l'heure une bonne dizaine de fois dans le week-end précédent comme à son habitude. En ce petit matin tiède qui le conduisait sur le chemin du Zède-Zède, JKM se revit avec sa mère lui tenant la main. Elle portait sa longue robe noire, la même que dans la boîte en pin, rehaussée d'un tablier chasuble en plastique couvert d'une végétation méditerranéenne dense, un maquis fleuri et illisible. Il avait onze ans, elle l'accompagnait pour son premier jour de collège. Ce fut la première et dernière fois aussi. « Maintenant tu connais le chemin, hein ! », prétexta-t-elle pour ne plus suivre son fils, « et puis regarde, les autres parents, ils vont pas au collège, vous êtes assez grands ». À l'époque, JKM se contenta des maigres explications, alors qu'il voyait bien que les parents ne lâchaient leur progéniture qu'une fois la grille de l'établissement franchie, car les dangers pavaient la route du collège, le deal, le racket, la baffe perdue pour les écueils les plus communs. Combien d'enfants arrivèrent au collège sans leurs baskets aux pieds ou leur sac à dos, une lèvre en sang ! Les écorcheurs encapuchés s'attaquaient à tout le monde, ils dépouillaient, peu importe la valeur, comme des Indiens prenant d'assaut les diligences dans l'Ouest américain, c'est l'image qui vint à l'esprit de l'enfant JKM, sans doute à cause des films qui défilaient à longueur de journées sur l'écran du paternel, débités par une chaîne obscure du fond de la grille TV, spécialisée dans les galops, les « pan pan » et les étoiles qui brillent. Peu téméraire, JKM attendait toujours qu'un petit groupe s'aventure sur ces territoires hostiles pour s'engager, il le suivait, feignant d'en faire partie. Plus tard l'école buissonnière le protégerait des coupe-gorges qui menaçaient au coin des bâtiments infréquentables.

Perdu dans des pensées qui le réchauffaient autant qu'elles l'effrayaient, JKM ne vit pas le temps du trajet passer, assailli de sensations désagréables. Il se réveilla face aux grilles rouillées du Zède-Zède, encore fermées. Le sinistre collège s'étalait face à lui. Rien n'avait changé depuis son dernier séjour, vingt ans plus tôt : le mât sans drapeau, les bâtiments cubiques et sombres, posés négligemment comme des blocs de béton sur un chantier, la cour défoncée avec ses panneaux de basket en lambeaux (les buts de handball avaient disparu), les préfabriqués crasseux, archétypes du temporaire durable, les fresques aux pâles cou-

leurs des murs du gymnase habillé de tôles ondu-
lées. Tout était là, devant lui, comme avant, mais
en plus vieux et plus laid encore. Les pouvoirs
n'avaient guère pris soin du Zède-Zède. Depuis
des lustres, les budgets alloués étaient à la hauteur
des résultats du collège : nuls. On ne s'intéressait
plus aux naufragés, l'État en faillite n'avaient que
faire de ces enclaves pieuses et colorées, qui ne
voteraient jamais pour les représentants d'une
bourgeoisie arrogante bardée de privilèges (quand
elles votaient). Les territoires perdus n'intéressaient plus personne, on les laissait sombrer dans
une débâcle sans fin, sans même y jeter un regard,
sans aucune compassion pour les âmes vacillantes
qui les peuplaient. « On les emmerde un peu
quand même », pensa JKM, planté devant le Zède-
Zède, malgré lui.

Une grosse dame dans sa blouse jaune se précipita vers la grille pour ouvrir, claudiquant. On aurait dit une boule de billard roulant avec peine sur
un tapis éventré. JKM la reconnut, elle servait déjà
le mouroir vingt ans plus tôt, une cantinière dans
son souvenir, future collègue d'une « mission de la
plus haute importance », *dixit* Djamila. La grosse
dame le salua rapidement puis l'accompagna vers
la salle de réunion, tout en précisant qu'ils seraient deux à venir « renforcer les équipes » en
cette rentrée nouvelle, elle maîtrisait le jargon de

la boîte, JKM fut impressionné. Elle parlait beaucoup, se plaignait de la chaleur, de vacances trop courtes, d'une rentrée qui s'annonçait difficile, d'un tas de banalités. JKM l'écoutait d'un air distrait, le regard perdu sur les murs du tombeau assoupi, il s'en cognait des jérémiades de la grosse boule.

La salle de réunion était presque vide, JKM eut l'impression de revivre la formation au lycée Francis-Lalanne, il aurait aimé fuir. Les enseignants n'arriveraient qu'une heure plus tard, la principale accueillait d'abord les agents, les « chevilles ouvrières d'une rentrée réussie », elle les brossait dans le sens du poil, armée d'un grand sourire niais et d'une ferveur imbécile. JKM s'installa discrètement sur une chaise de la dernière rangée, mais il fut vite repéré : « Venez Monsieur, venez avec nous ! Allez ! » l'interpella la principale enjouée. Elle semblait heureuse de rempiler pour une nouvelle saison de drames. Petite et gironde, elle portait un large tailleur orange, on aurait dit un fruit pulpeux, plein de jus. Ses minuscules yeux effilés se cachaient derrière d'amples pommettes poudrées. La dynamique fonctionnaire virevoltait avec le plaisir sincère et innocent d'une sainte parmi une petite troupe silencieuse, dans une atmosphère vaporeuse, plombée par l'odeur d'un café fade et plus simplement par l'idée de reprendre.

Elle s'approcha de JKM :

— Alors, cher Monsieur, racontez-moi votre parcours ? C'est *Job pour Tous* qui vous envoie, c'est ça ?

JKM hésita, le gobelet de café tendu par la boule de billard jaune lui brûlait les doigts. La principale reprit aussitôt, sans temps mort, décidément elle était à fond, pensa-t-il :

— En tout cas ravie de vous accueillir ! Vous verrez, vous serez bien ici, vous aurez aussi une autre collègue dans votre situation. Nous vous avons affectés à la cantine, pour le service de midi. Vous ferez un peu de nettoyage aussi. Vous verrez, c'est agréable de travailler ici. Vous connaissez l'établissement ?

JKM voulut répondre, même une chose simple, histoire de montrer qu'il s'intéressait un peu à la conversation, mais l'orange généreuse repartit de plus belle, avec une voix de plus en plus haletante, elle s'emballait :

— Vous verrez nos jeunes sont sympathiques, pas toujours faciles, c'est vrai, mais ils sont agréables. Vous savez, notre devoir est d'accueillir au mieux ces jeunes, de les comprendre et de les accompagner dans leurs apprentissages. L'environnement est difficile, venir ici tous les jours, être concentrés, travailler en classe, faire des devoirs, quand leur quotidien est semé d'embûches, de problèmes, c'est un véritable exploit, (*elle insista, d'une voix forte et stridente, en levant l'index*) un EX-PLOIT ! C'est *Job pour Tous* qui vous envoie, c'est ça ? Mais je vous embête dès le premier jour, je vous prends un peu à la gorge (*elle rit seule*), désolée, profitez de votre café.

Le monologue de la cheffe autorisa JKM à se contenter d'un simple « Merci », il ne s'en plaignit pas, il avait déjà oublié tout ce qu'elle avait débité, il n'écoutait que d'une oreille, et pas la plus bienveillante des deux. La phase d'accueil dura un long moment, trop long au goût de JKM qui retourna s'asseoir sur la chaise du fond, dans une semi-pénombre paisible et réconfortante. Il compta les loupiottes encastrées dans le plafond composé de dalles teintées d'auréoles brunâtres : douze emplacements, trois vides, neuf ampoules, quatre en panne, pas étonnant que la lumière fut pâle et froide, il eut le sentiment satisfait, un instant, d'avoir résolu une énigme. Un vif applaudissement interrompit la songerie de JKM, apparemment il venait de manquer un discours de l'agrume plein de jus. Il la trouvait un peu trop survoltée quand même pour neuf heures trente du matin. Alors certes, elle venait de se dorer la pilule presque deux mois, sur une plage bondée d'une côte méridionale rayonnante ou sur la terrasse d'un chalet de montagne, à se gaver d'apéros copieux et arrosés, peut-être à baiser un peu, voilà presque huit semaines qu'elle n'avait rien branlé, elle avait rechargé les batteries, mais le café, même à forte dose, ne pouvait suffire à expliquer le furieux engouement qui l'agitait, elle devait prendre un excitant, un médicament ou peut-être de la drogue, ça ne manquait pas dans le quartier les pilules festives, des élèves pouvaient la fournir à des prix attractifs en plus. Elle fatiguait JKM, l'horaire très matinal aussi, autant que la farandole de *Pils* goulûment avalées la veille et pas encore digérées. Bref, à ses yeux, les conditions n'étaient pas optimales « pour une rentrée réussie ». Une douce somnolence commençait à l'emporter, avachi sur sa coque en plastique, quand une horde de profs envahit la salle de réunion. Une vingtaine de silhouettes grasses et débraillées, bruyantes et insolentes, investit l'espace comme on colonise un territoire défriché, avec l'assurance du savoir et du sentiment de supériorité. La cheffe fut fâchée, son visage le disait avec colère. Elle demanda le silence, en vain, personne ne l'écoutait, chacun racontait ses merveilleuses vacances : pour une majorité, du camping à la dure sous des guitounes au tissu *high-tech*, qui se déplient toutes seules, mais un peu moins *high-tech* pour la remballe, ou des *roadtrips* dans des camionnettes aménagées de leurs propres mains, sans les commodités, cela va de soi, sinon l'aventure n'est pas au rendez-vous, des vacances de déclassés et de débrouillards en somme, mais avec l'assurance que leurs diplômes déchus et leur capital culturel sauraient les rendre captivantes et enviables. Certains passeraient le mois de septembre à raconter par le détail leur périple, en salle des profs comme en classe, surtout les profs de langues, les professionnels du blabla, qui profiteraient de l'occasion pour étirer jusqu'à la Toussaint une interminable séquence sur les vacances, avec un peu de vocabulaire, deux-trois verbes irréguliers et une suite d'expériences personnelles qui se suivraient comme des perles sur un collier (enfin, c'est ce que faisait M. Rolland le professeur d'anglais de JKM en sixième).

Toujours aussi étrange qu'une orange mécanique, après un bref mot d'accueil, surtout pour les nouveaux – elle regarda fixement JKM, qui rosit de gêne – la cheffe entreprit un bilan des examens de l'année scolaire précédente. Les résultats étaient minables, avec des taux de réussite dramatiques au brevet, pour une exceptionnelle cohorte de troisièmes, mention spéciale à la 3ᵉ C, zéro admis, mais « fort heureusement, aucun redoublement ». La salle applaudit à tout rompre, des profs se levèrent comme s'ils venaient de recevoir une récompense, c'était touchant, on se congratulait, un vieil homme bedonnant à la barbe fleurie proposa qu'on passe directement au buffet, mais l'orange, bien qu'aussi pressée que son personnel, refusa poliment, elle devait encore présenter les nouveaux, car pour le reste rien ne changeait : mêmes bâtiments délabrés (pas de travaux prévus), mêmes programmes (on s'en fichait des réformes), mêmes élèves, des entrants en sixième d'une nullité hors normes, mêmes problèmes de chaufferie, d'équipements (le Zède-Zède avaient reçu les traditionnelles visites estivales, le matériel de valeur manquait à l'appel), mêmes problèmes de recrutement, encore dix postes non pourvus (mathématiques, français, histoire-géographie et musique), et des assistants d'éducation qui ne s'étaient pas tous présentés. Mais, fort heureusement, *Job pour Tous* envoyait du sang neuf !

— Monsieur Jean-Kévin-Mohammed... *(l'orange hésita)*... Jean ? Kévin ? Ou Mohammed ? reprit-elle en relevant la tête vers JKM, qui ne dit rien.

Après un bref silence, elle continua, imperturbable :

— Monsieur Alamo donc, qui nous vient de *Job pour Tous*, ainsi que... *(elle chercha dans ses notes)*... ainsi que... eh bien je ne sais plus ! *(elle rit seule à la manière d'une poule qui caquette bêtement).* Quel-

qu'un d'autre vient de *Job* machin ? demanda-t-
elle agacée.

Personne ne répondit. La principale ferma son
cahier et décréta le buffet ouvert, sous des applau-
dissements nourris. Il était à peine dix heures
trente.

*

Vers midi, la tristesse du buffet, sponsorisé par
le *Promo*, encouragea les grincheux à s'éclipser et
les audacieux à migrer vers les bureaux de la Vie
scolaire où la fête tonnait. Une puissante enceinte
crépitait de basses et de tambours, des rythmes
tropicaux haletants, précisément une salsa démo-
niaque au moment où JKM y fit son apparition.
Le grand bureau renfermait un puissant arsenal
digne de la guerre froide : des cubis de vin alignés
comme autant de cartouches à cramer, des cannettes à foison, une grande vasque avec un punch
nucléaire où un rhum corsé premier prix, mouillé
de larmes de jus de fruit, semblait pétiller comme
un volcan bouillonnant au bord de l'éruption.
JKM fut à deux doigts de bénir *Job pour Tous* de
l'avoir expédié dans ce paradis, mais il trouva que
c'eût été déplacé de remercier l'autoritaire gouvernement et son administration servile, on ne salue
pas la contrainte, l'oppression, on nc l'encourage
pas. Il goûta à tout, passant avec légèreté d'un al-

205

cool à l'autre, sans transition ni modération, alors que la CPE en maillot de bain fleuri twerkait sur son bureau avec une énergie contagieuse. Elle était là vingt ans plus tôt elle aussi, JKM la reconnut. C'était déjà la fête à la vie scolaire à son époque, mais pas à ce niveau extraordinaire, apprécia JKM-le-profiteur-comblé. Incontestablement, la CPE avait su imprimer sa marque, donner une véritable identité à la vie scolaire, fondée sur des valeurs joyeuses et permissives. Avec le temps, elle avait dû en épuiser des chefs d'établissement, même des coriaces, sans doute enrichissait-elle un palmarès comme le font les aviateurs de combat sur la carlingue de leur chasseur. En tout cas, elle se donnait à fond sur son estrade, ses fesses flasques montaient et descendaient en rythme, s'éclatant sur sa ficelle de maillot, les seins tombaient jusqu'aux genoux, elle devait avoir largement dépassé l'âge du départ à la retraite, estima JKM, mais quelle vigueur, quel tonus ! En revanche, elle chantait faux, mais c'était peut-être à cause de l'alcool dont les flots submergeaient la troupe endiablée. L'ambiance était vraiment sympathique aux yeux de JKM, mais la fête comptait déjà ses premières victimes, la boule de billard ronflait sous le stand des cubis épuisés, un pion offrait ses entrailles à un coin alors que la CPE, affalée dans son fauteuil, haletait comme si elle venait de boucler un marathon. JKM sentit lui aussi une fatigue redoutable l'envahir, l'éthanol descendait dans ses jambes, il eut l'impression d'être un cosmonaute aux prises avec une puissante apesanteur. Il considéra l'arsenal, encore loin d'être éclusé, mais il savait qu'il devrait rendre les armes, capituler et regagner son vaste fief, en toute discrétion, car la journée n'était pas finie, à en croire le programme, et le chef de la cuisine l'attendait sans. doute pour une visite des lieux.

À quinze heures trente, JKM réinvestit son donjon, éreinté. Étalé sur le lit, il regretta son affectation au réfectoire du Zède-Zède, il eut préféré mille fois servir la Vie scolaire et sa diablesse titulaire, il l'aurait secondée avec une infaillible fidélité, comme un vassal sert son seigneur, il l'aurait assistée dans l'administration du prodigieux arsenal en intendant scrupuleux. Un brin désabusé, il se dit qu'il passerait ses pauses dans ce merveilleux repaire, si l'orange givrée lui accordait des temps de repos, puis il confia au sommeil le soin d'abréger son épuisante journée.

27

La cuisine baignait dans une ambiance confuse, mélange de parfum javellisé, de fumets corsés et d'effluves grasses. JKM eut des haut-le-cœur dès le premier pas posé dans l'antre carrelé jusqu'à hauteur d'homme, froid et silencieux telle une salle d'opération ou une morgue. Dans une pièce attenante où le reflet pâle de néons fatigués luisait sur une faïence envahie par des coulures de graisses ocres, un homme taillait de la viande avec force et précipitation, il râlait. JKM l'observait débiter en rythme des pièces de porc, détailler une à une les côtes d'une carcasse maigre. Une radio posée sur un énorme frigo balançait du Michel Sardou, une chanson entraînante qui parlait de terre brûlée, de lacs et de nuages noirs. JKM détestait la ritournelle du vieux réac', il était peut-être mort d'ailleurs, JKM se dit qu'il vérifierait en rentrant chez lui plus tard. Une fois la bête morte débitée sur l'acier d'une paillasse aussi lisse et brillante qu'une table d'autopsie, l'homme au ventre épais releva la tête vers JKM.

— Ah te voilà ! Il est huit heures passées, tu dois pointer à sept heures trente ! lança-t-il en replaçant son long couteau, après l'avoir vaguement essuyé sur son tablier rougi, sur un rack aimanté où une collection de lames scintillantes et ordonnées rivalisaient.

La chanson se tut, le poste aussi, le bourdonnement sourd du grand frigo s'empara de la cuisine. Le bedonnant pesta, « saloperie de machine ! », et donna un coup sec sur la radio qui repartit avec une chanson tout aussi désagréable d'un type qui clamait son amour pour la patrie, JKM ne connaissait pas, au fond il préférait le rythme lancinant du frigo.

— Comment tu t'appelles ? Moi c'est Sylvain ! Je te serre pas la main, elle est pas bien propre, dit-il en montrant ses épaisses paluches maquillées de sang.

JKM bredouilla :

— Euh... comme tu veux...

L'homme au nez aussi épais (en fait, tout était épais chez lui, la description était assez simple : épais ; pour un portrait-robot il aurait constitué un cas d'école insoluble), l'homme aux oreilles épaisses, se précipita vers lui, les yeux globuleux (ça ne se dit pas des yeux épais, en revanche, ses paupières l'étaient, épaisses) :

— Me prends pas pour un con de bon matin ! C'est quoi ton nom ? réitéra-t-il d'une voix menaçante. Moi c'est Sylvain ! continua-t-il en se frappant le torse, sauvage.

— Momo... je m'appelle Momo... concéda JKM bondissant en arrière d'un bon mètre tel un kangourou effarouché dans un *bush* aride.

L'homme épais se mit à rire. Il attrapa un couteau plus long encore que le précédent, tout en fredonnant la daube vomie par le poste crasseux, « Oui, j'ai le mal de toi parfois / Même si je ne le dis pas / L'amour c'est fait de ça », il chantait sincèrement faux, quelle horreur. JKM s'imagina un télé-crochet, « votez 1 pour Sylvain, 2 pour le frigo », il aurait voté 2, sans hésitation, et plusieurs fois si les SMS ne coûtaient pas autant ! L'épaisse créature disparut dans une vaste chambre froide, d'où il ressortit goguenard, une nouvelle carcasse sur l'épaule, « ça va saigner Momo, tu vas voir ! », puis il entreprit une découpe brutale et barbare, « à l'ancienne ! », justifia-t-il. Ça giclait. JKM détourna les yeux du carnage.

Soudain, une femme apparut dans la grande cuisine, les bras chargés de caisses et de plateaux. Elle traversa la pièce plusieurs fois de part et d'autre, en silence, comme un fantôme parcourt les corridors sombres d'un château abandonné, déposa, remplit, reprit, repartit avec ses boîtes, un ballet incessant de transfert de victuailles entre une chambre froide lugubre et des étals qui petit à petit se garnissaient. Quand le monstrueux boucher couvert de sang aperçut le spectre divaguant, il l'interpella d'un autoritaire « Ah ! Te voilà Jojo ! Regarde ! Le nouveau est arrivé ! Un de ces branleurs de *Job* truc, mets-le à faire les entrées, il a pas l'air d'aimer la barbaque, regarde il est pâle comme un navet ! » L'épais Sylvain rit grassement, couvrant la mélodie de la radio qui était passée de l'amoureux déçu à l'histoire d'un type qui marchait seul. La femme, haute comme trois pommes, elle ne devait pas mesurer plus d'un mètre quarante-cinq ou cinquante, se posta devant JKM qu'elle dévisagea de ses loupes aux montures exagérément larges.

— Comment tu t'appelles ? demanda-t-elle en zozotant.

JKM ne se sentit pas obligé de répondre. La minuscule femme fit une moue, les lèvres tordues. Elle répéta sa question plusieurs fois, sans retour. Elle attrapa alors JKM par le bras pour le conduire devant un établi en inox, propre et lumineux, il pouvait se mirer dedans. Elle l'abandonna un instant, avant de revenir les bras chargés de concombres et de briques de crème bleues.

— Tiens, tu vas me découper tout ça, en fines lamelles ! dit-elle en lâchant les longs légumes.

Jojo se retourna vers JKM, la tête inclinée comme interpellée par un doute. Ses yeux gigantesques derrière les loupes épaisses semblaient vouloir le dévorer.

— Tu sais faire ?

Elle comprit que non, en tout cas JKM ne lui avait pas répondu oui. Alors, pédagogue, elle lui montra avec application comment éplucher le concombre, l'ouvrir en deux, l'épépiner si les grains lui paraissaient trop gros pour les petites bouches qui viendraient dès onze heures trente s'emparer des barquettes en plastique, couper en fines lamelles. JKM trouva la petite femme bienveillante et habile, elle aurait été bien dans une salle de classe si la découpe de concombre était au programme, elle aurait obtenu de brillants résultats, le niveau du collège aurait bondi d'un coup, et sa réputation avec, peut-être.

— Je t'aiderai pour la sauce, t'inquiète pas, lui dit-elle d'une voix douce, avant de s'en aller reprendre son ballet.

JKM passa la matinée à tailler des concombres, la découpe n'était pas aussi précise que celle de sa professeure, mais la leçon n'avait guère duré alors il ne fallait pas trop lui en demander non plus. Il sentit pourtant un stress le gagner, il n'était pas à la hauteur de l'exigence. Un instant il eut l'impression d'être vaincu par l'envie de bien faire, cela faisait fort longtemps qu'il n'avait éprouvé cette sensation, plutôt désagréable du reste, mais il manquait de compétences, d'assurance, et avec l'horloge défilant, il n'en avait de moins en moins cure de la marmaille à gaver. Il aurait volontiers découpé les concombres en quartiers, les élèves se seraient débrouillés avec, « si t'as faim, tu manges ! », comme disait son père autrefois alors que JKM calait devant ses rognons à l'espagnol du dimanche. Il tailla alors grossièrement les légumes, révisant les formes élémentaires des figures de géométrie, il prit un certain plaisir à la déconstruction.

Quand Jojo revint inspecter le travail de son commis, elle sursauta, effrayée. JKM crut que ses gros yeux pleins de colère allaient s'évader des extrémités des montures. « Qu'est-ce que tu m'as fait ? », elle le répéta quatre ou cinq fois, complètement épouvantée. JKM ne sut s'expliquer, il ne tenta même pas, à quoi bon. La très petite femme se lamentait, pas loin de pleurer, apparemment l'œuvre de l'apprenti constituait un drame digne d'une catastrophe naturelle spectaculaire ou d'un *crash* aérien retentissant. Alarmé par les plaintes théâtrales de Jojo, le cuistot-boucher accourut, furieux. Il s'arrêta net à la vue du carnage : « qui c'est qu'a fait ça ??? » Jojo pointa du doigt JKM qui baissait la tête, histoire d'avoir l'air désolé, alors qu'au plus profond de lui-même il n'en avait absolument rien à souper des notes du jury. « T'es complètement con ou quoi ? T'as jamais découpé un concombre ? », reprit Sylvain en tapant ses hanches épaisses de ses très épaisses mains comme pour mieux exprimer un immense dépit. Puis il repartit vers des marmites qui bouillonnaient en grommelant « font chier à *Job* truc, ils nous envoient des branleurs, et bons à rien pardessus le marché ! », alors que Jojo, consciencieuse, cherchait déjà à rendre aux morceaux de concombre massacrés une forme davantage conforme avec les canons de la restauration scolaire. Elle échoua, forcément, le plat de légumes présentait des allures de champ de ruines.

*

JKM entendit au loin des cris de gamins qui se plaignaient d'attendre dans une file interminable. Le buffet du jour n'éteindrait pas les plaintes de l'impatiente marmaille : en entrée, concombre acrobatique noyé dans une crème liquide jaunâtre, en plat de résistance, côtes de porcs aux lardons-haricots verts (JKM se demanda quelle dissection provoqua le bain de sang du matin, Sylvain avait peut-être découpé une collègue, ou sa femme), et pour finir la ripaille, un yaourt aromatisé à la

DLUO proche de la peine de mort. Si les concombres originaux firent rire les collégiens, la vue des bacs de porcs entraîna une révolte immédiate : « encore du porc, il est relou le gros, wesh, il sait pas qu'on en mange pas ou quoi ? » hurla un grand black à la voix d'adulte, « lundi porc, mardi porc, mercredi porc, jeudi porc, vendredi porc, c'est une porcherie ou un collège ? » enchaîna un autre élève, plus petit, au menton envahi d'un soyeux duvet roux qu'il caressait de ses doigts fins à la manière d'un intellectuel ou d'un prédicateur. La révolution allait bon train, les leaders revendiquaient avec force. La contestation bien que brouillonne faillit emporter le réfectoire quand la CPE intervint, accompagnée de la gallinacée orange, muette et béate, elle découvrait l'ambiance de la cantine apparemment. Négligemment enveloppée dans un paréo lumineux parsemé d'îles et de cocotiers, la CPE choya les élèves d'une série de noms tendres, comme « mes petits poulets », ou « mes poussins », elle vanta les haricots verts, « c'est bon pour le transit promettait-elle, ah oui oui », puis, devant la modestie de la réaction des sans-culottes-courtes, elle promit des glaces en dessert sans même savoir si la chambre froide renfermait le sésame de la paix sociale (il n'y en avait pas). Un calme précaire revint. Tous les élèves du premier service passèrent avec leur plateau, les plus sournois prirent malgré tout les

côtes de porc pour ensuite les jeter sur les surveillants effrayés. Quand le service fut fini, alors
que la marmaille agitée attendait la récompense
promise et que la colère grondait à nouveau, Sylvain et Jojo se précipitèrent sur les portes qu'ils
fermèrent à double tour, pas mécontents d'abandonner la CPE et sa minable armée aux prises
avec une redoutable jeunesse dans une cantine incandescente aux murs recouverts de graisse de
porc, car ils ne savaient pas viser ces jeunes rebelles.

JKM appréciait la bronca qui résonnait dans le
réfectoire, un balai à la main doté d'une large tête
d'un mètre au moins, il n'en avait jamais utilisé de
tel. À son époque les élèves étaient plus calmes,
alors que la bouffe était aussi dégueulasse. Dans
son souvenir, le cuistot, un vieux fonctionnaire en
fin de vie, une clope au bec en toutes circonstances, se contentait d'ouvrir des boîtes de
conserves, à peine réchauffées au dernier moment.
L'assiette de son enfance se résumait au collège à
des raviolis froids et à des tomates à la limite de
la congélation à cause d'un séjour prolongé dans
la chambre froide. Mais JKM s'en moquait de mal
manger à la cantine, d'abord parce que ses parents ne la payaient pas la cantine, la municipalité
s'en occupait, avantage de profiteurs assistés, et
puis parce que, à la maison, c'était encore plus

dégueulasse : entrée, plat, dessert, tout baignait dans l'huile, au prétexte qu'on était d'origine espagnole.

Sylvain relança son poste radio mais, malgré un volume poussé à fond, il n'entendait rien, ça criait trop fort à côté, un sacré chahut. Des coups lourds et sourds tonnaient sur les murs, des hurlements perçaient les tympans. Mais Jojo et Sylvain s'en souciaient peu, ils avaient l'habitude sans doute. La minuscule femme vint à nouveau vers JKM pour lui réexpliquer le geste technique du passage de balai : elle s'emporta dans une dynamique chorégraphie de mouvements amples et circulaires, « tu couvres plus de terrain comme ça », lui dit-elle, fière de sa danse, « et puis faut aller plus vite, sinon, ce soir t'y es encore, hein ! ». Elle rendit le balai à JKM qui s'essaya mollement aux ondulations, il eut l'impression que son corps se faisait happer par le manche de l'ustensile, il fut vite essoufflé. Apparemment satisfaite, Jojo le laissa pour retourner à ses occupations : elle briquait les carreaux des murs avec une force de titan, comme si elle se jetait à corps perdu dans une compétition sans médaille, JKM resta ébahi face à ce déluge d'intensité, de gestes rythmés et coordonnés d'une professionnelle aguerrie. De son côté, il visait les poussières pour les capturer dans son balai en limitant le plus qu'il le pouvait les rotations de la tête, il était épuisé.

Subitement, vers treize heures trente, le silence revint dans le réfectoire. Sylvain ouvrit les portes avec précaution, guettant par l'entrebâillement que le champ de bataille avait bien été abandonné par les hordes sauvageonnes. Une fois assuré que la cantine fut déserte, il appela ses maigres troupes pour la remise en ordre et le nettoyage d'un théâtre qui serait le lendemain une nouvelle fois dévasté. Et ainsi de suite, tous les jours qui suivirent. « La faute au porc ! » lança l'épais cuistot en alignant les chaises sur les tables à la vitesse d'une mitrailleuse. JKM n'en pouvait plus, il voulut demander au chef pourquoi il mettait du porc au menu tous les jours, mais il n'en eut pas la force, éreinté par un ménage sans fin, et puis, de toute façon, il connaissait la réponse. Chaque fois qu'il passait derrière lui, Sylvain balançait une grande tape, rire gras, dans le dos de JKM qui treillissait, comme si ses poumons allaient s'exploser contre ses frêles côtes. Il l'encourageait apparemment, comme on le fait dans les équipes de sport quand les plus forts viennent remonter les éléments les plus faibles, ceux qui vous précipitent, par leur fatigue ou leur nullité, vers la défaite. « Allez ! Allez ! Momo, du nerf ! »

À quinze heures, le théâtre des luttes retrouva l'aspect propre et rangé d'une cantine scolaire, avec un alignement parfait de tables et de chaises. Sylvain siffla la fin de la partie, la journée d'intégration avait été longue, presque huit heures de travail quand on demandait aux assistés de rembourser leur somptueux revenu solidaire par une dizaine d'heures de service. JKM se dit que sa semaine était presque terminée, mais la minuscule femme l'informa, avant de partir, que la journée de formation ne comptait pas, sa pointeuse affichait zéro. Tout commencerait réellement le lendemain entre onze heures et treize heures. Il n'en fallut pas davantage pour achever JKM qui trouva cependant dans une réserve insoupçonnée, celle de la survie sans doute, les forces pour regagner son fief.

28.

Le lendemain, après une soirée écourtée par la fatigue et de lourdes cannettes éclusées sur un rythme digne du coup de balai de Jojo, JKM retrouva une cuisine incandescente, où un horrible esclandre animait les lieux, devenu un instant, par les coups et les éclats, semblable à un réfectoire de sauvageons. Deux fonctionnaires de *Sécurité pour Tous* maintenaient avec force contre le mur carrelé la profiteuse attendue depuis deux jours pour payer sa dette à la société. On l'avait donc retrouvée, la renégate ! Elle avait la tête écrasée entre la faïence et la main d'un agent musclé qui avait retroussé la frange de ses manches courtes pour mieux faire saillir des biceps taillés par des heures et des heures d'exercice physique. JKM sourit, moqueur, il pensa qu'elle avait bien mérité le vigoureux remontage de bretelles, « tu viens ou tu envoies "STOP", mais tu joues pas sur les deux tableaux, baltringue » se dit-il gaillard, presque fier d'avoir assumé de répondre aux injonctions de Djamila sans rechigner ni contester.

Elle n'en menait pas large la nouvelle avec son tablier, sa charlotte et ses gants en latex. De taille moyenne, avec des hanches larges et un buste fluet, elle devait avoir la quarantaine, peut-être moins, avec ce genre de physique il est difficile de se faire une idée, dans la cité tout le monde paraissait plus vieux que son âge, la pénibilité d'une vie ratée, l'usure et l'alcool accéléraient le vieillissement et précipitaient une majorité des habitants vers le gouffre fatal à la vitesse grand V. Elle faisait peine à voir, avec son visage triste parcouru d'une nuée de ridules et ses yeux pleurnichards. Sylvain tapa fort dans le dos de JKM, « t'as vu mon con, on a du renfort ! » Puis il lui ordonna d'installer des crèmes dessert et des tomates coupées en lamelles sur des étals que Jojo remplissait avec allégresse depuis le matin, comme une abeille ouvrière s'active dans une vie de labeur. D'ailleurs, à l'instar des abeilles ouvrières, Jojo dévoilait, avec sa robe trop courte, des poils raides et épais sur ses pattes gonflées comme des poteaux, JKM trouvait cela plutôt répugnant, d'une façon générale il ne goûtait guère aux poils exceptés ceux de la toison de Cindy du Point Chaud, et encore.

Le service fut terrible, comme la veille, le filet mignon de porc ne ravit personne, malgré ses champignons en boîte et une crème subtilement assaisonnée. La révolution tonna à nouveau, mais JKM n'en vit que des bribes, il profita du grabuge pour s'éclipser vers la Vie scolaire où un fabuleux tapage animait une petite troupe de surveillants et d'enseignants menée par une CPE au sommet de sa forme, qui braillait à tue-tête des chansons exotiques. Elle maîtrisait le créole, ou bien le wolof, peut-être le bambara, JKM ne sut reconnaître la langue, il vit surtout que des cubis l'attendaient alignés sur un bureau, elles lui faisaient de l'œil les briques de carton. Il saisit un gobelet en plastique puis se servit un premier verre d'un vin rouge très bas de gamme, bu cul sec ; il agressait la gorge, anesthésiait les papilles, JKM en reprit un deuxième, histoire de bien endormir définitivement un gosier qu'il préparait pour ouvrir la voie à un flot d'anthologie. Sa tête tourna rapidement. Il bénit la piquette. Il commençait à dodeliner quand il s'aperçut que derrière les platines s'égosillait l'orange pulpeuse, concentrée sur les boutons d'une sono fatiguée. L'habile et politique CPE avait dû la convertir, les belles intentions de la rentrée s'étaient déjà évanouies. Ses beaux discours n'auraient de toute façon pas suffi à redresser une situation désespérée, en prendre conscience si tôt dans l'année était raisonnable. Personne ne lui en voudrait, ni l'institution qui n'en avait que faire du collège Zinedine-Zidane de la cité Mc-Solaar, ni les parents qui attendaient juste qu'on garde leur marmaille agitée de huit heures à dix-sept heures. La réussite et les diplômes, tous savaient que cela ne servirait à rien pour les emplois à la noix qui les attendaient à seize ans, voire à dix-huit ou vingt ans pour les plus vaillants, ou les plus inconscients, car à quoi bon s'échiner quand le futur est aussi désespérant ?

La fête était belle, folle, divinement arrosée. JKM ondula tout l'après-midi. Il n'avait pas souvenir de s'être ainsi amusé, il aurait pu être heureux, mais il se contint de l'exprimer trop ouvertement, car il était là par la faute de Djamila et de ses sbires. Pourtant, sans eux, jamais il n'aurait fricoté avec la bande avinée qui s'entremêlait en désordre, il n'était pas loin de développer une véritable camaraderie éthylique avec elle. Très éméché, il engagea un zouk torride avec quelqu'un, il ne savait trop s'il s'agissait d'un homme ou d'une femme, la piquette avait embué son regard, et puis il fermait les yeux depuis un bon moment déjà, un peu zombie dans une nuit raide et mélodieuse. Ce fut brûlant, équatorial, *madre de dios*, ils se collèrent avec passion, il banda un peu, peut-être s'embrassèrent-ils, mais il ne s'en souvint pas, l'encéphale noyé bien au-delà de la cote d'alerte ne lui permit pas de s'en rappeler. L'anesthésie fut complète.

Ce jour-là, JKM ne renâcla pas à accorder quelques heures de plus de son temps libre à la vénérable institution du *Savoir pour Tous*. La pleurnicharde devait avoir remis en ordre le réfectoire avec la minuscule femme aux guibolles velues et l'épais Sylvain, ils n'avaient pas vraiment besoin de lui et de sa modeste vitalité. JKM ne comprit pas quand la fête s'interrompit, mais ce fut brutal. Il eut l'impression d'avoir heurté quelque chose avec violence, d'avoir rencontré une force inouïe. Puis ce fut la nuit noire, la vraie, la profonde, celle qui emporte dans des abîmes insondables et dont l'on ressort sans souvenir, sans rêve ni cauchemar. Les astrophysiciens nomment cela un trou noir, les médecins, plus terre à terre, un coma éthylique.

*

JKM se réveilla sur les coups de trois heures du matin, allongé dans la Vie scolaire sur un enseignant grassouillet et barbu aux quenottes entartrées. Il fut horrifié par l'haleine qui s'évaporait, puis il repensa au zouk, *madre de dios...* Et si ? D'autres corps gisaient à côté de lui, ronflants et béats. L'orange s'était endormie sur ses platines, elle avait vomi sur son chemisier, alors que la CPE en maillot de bain gisait vautrée dans un fauteuil. Un de ses tétons voulait voir s'il faisait déjà jour. JKM se releva avec peine, il devait avoir encore quelques grammes, tout lui paraissait flou et mouvant. Un filet de sang séché le dérangea sur sa lèvre supérieure, il sentit un goût de fer dans la bouche. Il avait dû cogner un meuble ou une chaise dans le tumulte de l'ambiance, ça lui arrivait parfois. Il se leva et secoua les cubis, celui de rosé n'était pas vide, il se servit un verre, puis un deuxième et un troisième. Il eut l'impression que son corps se réveillait, qu'il y voyait mieux dans la grande pièce illuminée par la loupiotte verte indiquant la sortie en cas d'urgence. À cette heure, il n'y avait aucune urgence. JKM prit une chaise à roulettes et se rassit, avec son gobelet de rosé. Il estima qu'il ne valait guère plus que la piquette de rouge engloutie des heures plus tôt avant l'extinction des lumières. Un jeune homme gémissait dans un coin, il rêvait ou bien se croyait aux toilettes, il s'urinait dessus. Il mit une main sur son entrejambe, « ça chauffe » dit-il dans son demi-sommeil avant de sombrer à nouveau.

JKM but ainsi jusqu'aux premières lueurs du jour. Il trinqua avec le soleil, puis s'assoupit un instant. Soudain, une grosse femme trébucha sur lui. « Pardon, pardon, mon garçon, j'ai failli tomber », elle avait beaucoup d'heures de vol et encore quelques grammes dans le sang elle aussi. JKM ne dit rien et allait se rendormir quand elle le secoua, brutalement éveillée :

— Hé, mon garçon, t'as fait quoi au cuistot ?

JKM ne comprit pas. « Hein ? »

— Il t'en a collé une bonne hier soir ! l'informa-t-elle sur un ton enjoué, ce ton du plaisir à rapporter une anecdote croustillante.

JKM se redressa.

— Oui, il est entré furax ici pour te chercher, il t'a attrapé, mais tu t'es collé sur lui, tu l'as frotté comme si tu voulais... enfin, tu comprends... et tu ne le lâchais pas en plus ! Il t'a envoyé une sacrée pêche, il a de grosses mains, ça t'a éteint direct ! termina-t-elle dans de grands gestes, comme si elle reconstituait la scène. Puis elle disparut.

JKM cessa de boire sur-le-champ. Il se leva et quitta le collège, en prenant soin de veiller à ses arrières, il regardait partout autour de lui, la tête entrée dans les épaules, comme un fugitif recherché par toutes les polices de la planète. L'épais Sylvain le guettait peut-être, pour le traquer tel un sanglier dans la forêt ou le suivre jusqu'à son immeuble pour saccager son vaste domaine. Arrivé à la grille, JKM se mit soudain à courir d'une foulée malhabile, le gros cuistot ne pourrait le pister, il eut l'impression d'être en train de sauver sa misérable vie. On était samedi, il aurait tout le week-end pour réfléchir aux retrouvailles du lundi matin, aux formes à mettre pour amadouer le chef courroucé. Faire profil bas et se muer en dévoué larbin lui parurent, à l'instant où il se couchait, les voies les plus raisonnables pour ne pas trop mal s’en tirer, mais il ne fut sûr de rien.

29.

Le sommeil lui échappa. JKM ne comprit pas, d'ordinaire il dormait comme un loir. Un avion de ligne aurait pu décoller dans ses oreilles, avec le fracas de moteurs à plein régime, il serait malgré tout resté dans un songe merveilleux ou un trou noir pilsien. Il éprouvait même une peine infinie pour les insomniaques que la fatigue rongeait, il aurait tout donné pour ne pas vivre leur calvaire, mais voilà qu'en ce week-end de fin août, il fut rattrapé par l'un de ses pires cauchemars. Il s'en voulut terriblement de son comportement, il aurait dû se rendre compte qu'il se frottait sur l'épais Sylvain. Quand même ! Le gros cuistot n'avait rien à voir avec une sirène bronzée sortie de l'eau chaude et douce d'un paisible lagon, non franchement rien. Mais quel idiot ! se répétait-il au cœur de la nuit, au petit matin, toute la journée, tout le temps en fait. Le remord le rongeait comme des termites qui s'attaquent à la poutre grasse d'une demeure abandonnée. JKM ne pouvait rien y faire, il était submergé. Il tenta bien un traitement de *Pils*, une sorte de remède de cheval avec une cadence effrénée, mais il sentit que cela lui faisait plus de mal que de bien. Son nectar lui paraissait aussi fade que lourd, pas loin d'être imbuvable, même préparé dans une fraîcheur mesurée avec soin. JKM n'en pouvait plus, ses ongles

229

disparurent les uns après les autres. Il lui sembla qu'il déprimait un peu. Des souvenirs d'enfance remontèrent sans avoir été invités, ils le harcelaient. Il vit une montagne, un abri d'infortune, des adolescents furieux et imbéciles, des parents silencieux attablés dans une cuisine répugnante humectée d'huile, il sentit des claques, d'immondes crachats, des doigts dans le cul malvenus, des gifles encore, il entendit des rires gras et bruyants, un orage, des insultes, des souvenirs acides, désagréables qui le désarmaient. JKM ne savait quoi faire quand le passé l'envahissait par vagues déchaînées pour se confondre avec un présent détestable. Il prit une douche qui ne l'apaisa pas. Il se lança face au miroir dans une tirade de vociférations qui suffisaient d'ordinaire à la calmer, il vomit Djamila, son père, sa catin de sœur et sa tribu de tarés, Guidon et ses promos à la con, l'épais cuistot, les fonctionnaires des *Pour Tous*, ses voisins, les Congolais de la messe du bâtiment F, les petits voyous qui faisaient crisser leur scooter trois étages plus bas, le gras cuistot encore, et Jojo, pourquoi pas elle, hein, elle lui léchait les bottes au gros Sylvain, peut-être l'avait-elle sucé dans la chambre froide, avec ses verres épais comme des loupes elle avait dû voir la plus grosse bite de sa vie, hein... En vain. JKM déraillait. Au cœur de la nuit, il reprit deux *Pils* coup sur coup, presque sans respirer, puis une

troisième plus calmement, mais les mêmes pensées, les mêmes images l'assaillaient, encore et
toujours, sans parvenir à leur opposer une résistance déterminée. Le seigneur allait mal dans son
propre fief, et les domaines extérieurs lui paraissaient encore plus hostiles. Comment sortirait-il
de chez lui le lundi à dix-heures quarante-cinq
pour prendre son service quinze minutes plus
tard ? La question restait en suspens, la déprime
froide et tenace fut la seule réponse que la nature
offrait à JKM à ce moment.

Le samedi, K2 pénétra en début d'après-midi
dans le vaste domaine, sans frapper ni sonner à la
porte, surexcité et incohérent comme souvent,
bientôt rejoint par Chouf qui jouissait enfin d'une
pause au *Rond-Point*. Il était sur les genoux le Jérôme, des cernes horribles alourdissaient son regard perdu (K2 aussi, mais c'était pas la fatigue).
Ils écoutèrent un peu de musique, JKM leur aurait
bien raconté ses premiers jours au Zède-Zède,
mais une flemme invraisemblable le paralysa, et
comme K2 et Chouf ne posaient pas de questions,
les planètes s'en trouvèrent alignées. Ils regardèrent un match de foot en soirée, des blancs
contre des bleus et rouges qui se faisaient littéralement soulever, même les supporters avaient honte,
enfin, c'est ce qui sembla à JKM, il n'en avait que
faire du foot, contrairement à Chouf et K2 qui

hurlaient au moindre mouvement de ballon, JKM n'y comprenait rien. Des fumigènes lancés d'une tribune à l'autre, une cascade de cartons jaunes et rouges, des bagarres à répétition, sur le terrain comme dans les gradins, des bancs de touche qui s'invectivaient, l'ambiance était guerrière, le spectacle total. K2 proposa de célébrer la victoire des blancs par la dégustation d'une beuh souple et gracieuse au goût subtil, à peine travesti par le tabac premier prix qui l'accompagnait dans un cône habilement composé. K2 ne sut dire d'où venait son herbe étourdissante, il avait bien demandé la provenance au vendeur, mais lui-même était perdu dans sa géographie du chanvre. « C'est important la traçabilité », fit remarquer Chouf qui regardait les ralentis des meilleures actions, un brin désabusé, il avait l'air moins satisfait du résultat final.

En soirée, la nuit tombait avec peine comme une feuille trop légère pour s'écraser sur le goudron, Paulo-le-livreur arriva à son tour, tonitruant : « T'as des steaks mon Momo ? Je crève la dalle ». JKM ne réagit pas, avachi dans son lit, entouré de cannettes vides. La bande était réunie, il pensa que le moment serait opportun pour en finir, inviter ses amis à quitter leur vie putride dans une disparition brutale et spectaculaire, comme on voit à la télé, une mise en scène dans un bois

sombre et isolé, un suicide collectif. On invoquerait une divinité fantaisiste, ou une force du genre,
dont l'appel serait irréfragable, un truc auquel il
est impossible de dire "STOP". Ils n'étaient pas
nombreux, mais quatre ça faisait déjà groupe,
voire troupe, c'était un début, et une fin aussi en
la circonstance. Mais pour ça, il fallait aimer la
mort, ou bien ne plus supporter du tout la vie,
être assailli de pensées sombres et insurmontables,
être terrorisé par une violence insaisissable que
seul un acte fatal viendrait apaiser. Sur le moment, JKM pensa avoir le profil, il lui sembla que
Chouf aussi, il n'en pouvait plus, son regard le
criait ; c'était moins évident pour K2, quant à
Paulo, il pourrait s'occuper des basses œuvres,
avec ses trois neurones il s'en acquitterait parfaitement, surtout le ventre rempli de steaks. Cependant, avant de proposer l'aventure à ses amis,
JKM ouvrit une *Pils* chaude, il n'avait plus la force
de se lever pour en placer au freezer. Il contempla
son vaste domaine, il pensa à Cindy du Point
Chaud qui viendrait peut-être le revigorer dans la
nuit, elle venait généralement le samedi soir. Elle
ne méritait pas de poursuivre sans son prince, elle
l'avait choisi, il était l'élu. Même s'il perdait tout
pouvoir, toute aura, il conservait le rang et le territoire sur lequel il régnait. On ne domine pas un
royaume sans une alliée fidèle et aimante. Quel
roi l'eut fait, désiré ? L'Histoire était formelle sur

ce point. Auraient-ils un jour des enfants à qui transmettre un titre et des possessions, un patrimoine fragile mais chargé d'une histoire, celle des plus faibles et de leur résistance contre des forces maléfiques qui agissent par coups de boutoirs, brusques et violents ? JKM désira presque soudainement se reproduire, et l'idée d'en finir lui parut tout à coup moins réconfortante. En regardant ses potes qui commentaient une télé-réalité olé olé, mais c'était peut-être aussi un porno, JKM se dit que précipiter ses chevaliers vers un au-delà incertain sans retour en arrière par la faute d'un épais cuistot, n'était pas raisonnable. Il se leva, demanda à K2 la permission de tirer sur le cône à l'origine douteuse puis se posta à la fenêtre, devant la nuit noire et bouillante qui s'étalait face à lui. Il remettrait son projet à un autre jour, à des motivations plus solides. Il était une heure du matin. Cindy se présenta devant son prince chancelant, mais toujours debout. Il la regarda, profondément, comme il ne l'avait jamais fait. Cindy s'approcha et l'embrassa avec tendresse. Elle prit son homme par le bras et l'accompagna vers le lit où elle le coucha comme une mère borde son enfant après l'histoire du soir. Le roi n'était pas loin d'être vaincu. Mais il avait survécu à l'horrible abordage.

*

Le dimanche, Cindy resta toute la journée auprès de son compagnon blessé, en silence. Elle le berça, lui fit à manger, lava son linge, le tee-shirt aux éclairs, il en aurait besoin pour le lendemain dans la cuisine du Zède-Zède où la foudre l'attendait de pied ferme, prête à le frapper de toute sa force. Cindy faisait de son mieux. Elle courut au *Promo* alors que son prince somnolait encore pour faire le plein de *Pils*. Une fois remontée dans le fief endormi, elle rangea les cannettes avec application dans le petit coffre-fort glacé, elle prit soin d'en disposer quatre dans le freezer pour que son prince les trouve bien fraîches à son réveil. Elle rangea un peu le donjon, il n'y avait pas grand-chose à ranger en fait, JKM ne possédait rien ou presque. Cindy balaya sans faire de bruit, son prince méritait son repos, elle ne voulait le déranger. Un air étouffant s'engouffrait par les fenêtres ouvertes, accompagné d'un brouhaha sourd et sans fin. La cité vivait.

La journée s'annonçait encore accablante. Cindy s'accorda une pause. Elle s'installa sur le canapé puis alluma la télévision. Elle choisit une chaîne de clips comme d'habitude, sans le son pour ne pas réveiller JKM, elle connaissait toutes les paroles qu'elle chantait dans sa tête en dodelinant des hanches. Elle sourit.

En début d'après-midi, JKM émergea.

— Ah ! Tu es là ? dit-il d'une voix faible et enrouée, en voyant sa princesse sur le canapé.

Cindy le regarda de ses grands yeux doux, puis elle monta le volume du téléviseur. Elle se leva pour aller chercher deux *Pils* à peine refroidies qu'elle apporta à JKM, assis dans son lit, appuyé torse nu contre le mur. Elle le trouvait beau son prince, avec sa longue chevelure dorée et ses petits yeux effilés, il méritait l'amour qu'elle lui accordait. Cindy aurait bien aimé savoir si JKM éprouvait la même tendresse pour elle, elle désirait lui poser la question, mais elle ne voulut pas ser pour une mendiante de sentiments, elle s'abstint, tout en lui ouvrant la première cannette. JKM se rafraîchit le gosier sauvagement, comme le chevalier se précipite à peine tombé de sa monture sur une fontaine au retour d'un périple harassant. Il rota presque joyeusement puis réclama la deuxième *Pils* qu'il but plus lentement, par petites gorgées qui humectaient à peine ses lèvres. « La première pour la soif, la deuxième pour le plaisir ! » lança-t-il comme pour se justifier, un brin vaporeux.

Le dimanche fut morose et brûlant. JKM rôtit dans son lit, entouré des attentions d'une princesse dévouée, qui essayait de le détendre avec les moyens d'une roturière, faits de services fidèles et de caresses affectueuses. Cindy tenta d'entraîner son prince sur un terrain plus torride, mais la lance du chevalier d'ordinaire si réactive resta désespérément molle. Elle renonça, un peu déçue.

La soirée surprit le couple au terme d'une sieste longue et calme. Il faudrait encore trouver le sommeil pour une nuit de peine et de cauchemars, avec des heures passées les yeux ouverts, fixés sur un morne plafond, qui s'égraineraient comme un compte à rebours vers un lendemain incertain et douloureux.

30.

JKM se leva le lundi au petit matin dans la peau du condamné à mort ne pouvant se soustraire à la sentence, sans résistance, ni espoir. Aucun téléphone ne sonnerait dans le couloir pour surseoir à l'exécution programmée. Il n'avait saisi aucune juridiction, ne s'était plaint nulle part, même pas auprès de l'horrible Djamila. Son jugement était irrévocable, il n'attendait aucun miracle. Point de burger, de frites grasses et de sauce barbecue pour le minable, faut être sincèrement désespéré pour commander un tel repas avant un sérieux coup de jus ou une injection létale se dit JKM, ça situe le niveau d'un peuple, très bas en l'espèce dans son classement des sociétés dégénérées ; en l'occasion, inhabituelle et pas appelée à se répéter, normalement, il aurait préféré un poisson délicat à la chair nacrée, servi sur un lit de verdure, des poireaux finement ciselés ou des lentilles à peine cuites, croquantes, et arrosé d'un vin blanc sec, un entre-deux-mers fruité ou un voluptueux chablis, les vers l'auraient vénéré pour l'éternité avec un tel festin, jusqu'au prochain cadavre saturé de graisses et de nourriture chimique. Mais en ce petit matin blême comme son visage apeuré, JKM se contenta d'une *Pils* aux saveurs évanouies, servie par une Cindy sur le départ, réclamée à cor et à cri par le Point Chaud, son four

239

incandescent et ses horaires impitoyables, et aussi par Manu, surexcité dès les premières lueurs du jour, il avait déjà appelé une dizaine de fois, JKM se demanda un instant s'il n'y avait pas un truc entre eux, un truc qui dépasse les relations élémentaires d'un cadre professionnel, il questionnerait Cindy un jour, peut-être.

Le tee-shirt aux éclairs ne sécha pas dans la nuit, l'humidité dans l'air sans doute. JKM dut se rabattre sur un vieux maillot à la couleur incertaine, un peu court aux extrémités : le nombril n'était pas loin de se dévoiler, il devrait prendre garde à ne pas lever les bras. Il eut l'impression de sortir affronter des hordes haineuses sans son armure. La journée débutait mal. Il était dix heures trente, JKM ne pouvait plus reculer, l'heure du combat approchait. Il pensa aux grognards de Napoléon avançant en rangs serrés, prêts à accueillir presque avec innocence une salve ennemie qui viendrait les faucher au hasard, avec de moins en moins de chance d'en réchapper plus les lignes s'approchaient. Quelle discipline ! Quel sacrifice ! Il crut se trouver au milieu du premier rang, avec une pancarte énorme « tirez-moi dessus », on ne verrait que lui, ils ne pourraient pas le manquer en face. La situation horrifia JKM, mais au moins, il n'aurait pas eu à affronter l'épais cuistot. La poudre ravageuse serait le miracle attendu, le coup de fil dans le couloir de la mort, le sauvetage inespéré. Il rêvait, la grille du Zède-Zède qui se dressait face à lui le ramena sur terre en un instant.

« C'est quoi ce tee-shirt de pédé ? » hurla l'épais Sylvain à peine aperçut-il la silhouette de JKM qui tentait pourtant de s'introduire avec discrétion dans la grande cuisine. Le cuistot aiguisait un long couteau avec force et rage sur un fusil tout aussi long, en fixant JKM d'un regard sombre. Jojo intervint comme un ange gardien, emmenant JKM vers un plan de travail où un bac de macédoine et une pile de barquettes attendaient d'être unis. L'épais Sylvain passa dix fois derrière JKM, sans raison la plupart du temps, dix fois il lui administra une tape digne de ces concours de gifles entre molosses qui font fureur sur les chaînes de télé viriles. Dix fois JKM retint un cri de douleur, devant le regard embué de l'autre profiteuse, arrivée avec retard une fois de plus, qui pleurnichait sur son sort, pas sur celui de JKM, elle s'en moquait de son congénère martyrisé, dans la mouise on pense d'abord à sa peau, une fois sauvée, on verrait pour celle des autres. Et comme elle était loin d'être sauvée, elle ne prêtait aucune attention aux coups du grossier cuistot et mouillait de ses larmes chaudes un plateau de tomates tranchées.

Vers midi, alors qu'une horde juvénile hurlait

derrière une porte fermée et que le menu annonçait encore du porc, de la ventrèche grillée, avec
ses petits oignons et une sauce chasseur, la totale
en somme, JKM voulut prendre une pause, il avait
été efficace, malgré les interventions intempestives
du chef, il avait rempli toutes les barquettes de
macédoine, mais l'épais Sylvain le retint d'une
main par le col, l'autre main se collant sur son visage. « Tu vas où petite tapette ? À la Vie Sco ?
T'as pas intérêt, je te préviens ! » Sans mot dire,
JKM remit aussitôt le tablier qu'il venait de déposer, puis retourna se poster devant ses barquettes
de macédoine une fois que le chef l'eut lâché, sans
manquer d'envoyer deux nouvelles frappes dans le
dos. Il allait lui décoller les poumons. Jojo implora
d'une voix douce qu'il laisse tranquille le pauvre
JKM, « tu vois pas que tu lui fais mal ? » Le gros
Sylvain haussa les épaules et repartit vers ses marmites spumeuses. Le service fut atroce, comme les
précédents. La CPE dans son paréo cocotier n'y
put rien. Elle menaça d'appeler les fonctionnaires
de *Sécurité pour Tous* afin de calmer des sauvageons prêts à escalader les présentoirs, comme on
part à l'assaut d'un château-fort, pour en découdre avec l'épais Sylvain, moins gaillard sur
l'instant, au bord de se retrancher dans la
chambre froide, véritable bunker de survie, malgré
les moins quatre degrés affichés par un thermomètre à la précision incertaine. La révolution dé-

vasta la cuisine avant de gagner le réfectoire, il y aurait un sacré boulot pour tout remettre en ordre et la petite armée était en déroute : Sylvain s'était finalement confiné dans la réserve glacée, par précaution, la pleurnicheuse geignait affalée sur un tabouret dans un coin de la cuisine, JKM ne savait quoi faire, seule Jojo était encore apte à monter au front, avec une énergie digne de ces chiens de guerre qui ne lâchent un champ de bataille que la peau trouée d'une myriade de balles. Elle avait le sens du service public la Jojo, JKM admirait le dévouement sans faille, quasi sacrificiel, qui n'assurait pourtant aucune récompense, elle devait gagner à la fin du mois à peine plus que son revenu solidaire. Qui savait dans les bureaux d'une administration retranchée derrière des armoires en fer, qu'un petit bout de femme d'un mètre quarante tenait une cuisine par une ardeur exemplaire et un sens aigu des relations diplomatiques ? Ce jour-là, elle convainc les plus excités que la ventrèche était un morceau de volaille méconnu, elle décrivit un oiseau imaginaire à des idiots béats, on pouvait tout leur raconter, même n'importe quoi, ils étaient si stupides et ignorants qu'ils croyaient à peu près tout, pourvu que le narrateur fût crédible et utilisât des termes techniques dans son explication, « plumes », « pattes » et « vertébré » suffirent en l'occasion, le « vertébré » acheva de les amadouer, quel coup de maître , pensa JKM, admiratif.

Une fois la meute passée, Jojo battit le rappel des troupes, suivi par un JKM aux ordres, en faible mais fidèle soutien. Elle secoua la pleurnicheuse, toqua à la porte de la chambre froide pour avertir le général en chef que les barbares avaient quitté les lieux. L'épais Sylvain sortit de sa cachette, il était un peu pâle, trouva JKM, une légère hypothermie sans doute. « Pourquoi tu me regardes comme ça, trou de balle ? » adressa-t-il à JKM. En fait il n'allait pas si mal, malheureusement, la température indiquée par la chambre froide n'était pas la bonne. Le nettoyage s'éternisa. Le chef grossier reprit du poil de la bête, après avoir éclusé le reliquat d'une brique de vin rouge que la sauce chasseur, déjà fort chargée, n'avait pu absorber. Il maniait le balai et les coups avec habileté. JKM s'en éloignait le plus possible, mais le gras Sylvain revenait vers lui avec insistance comme les mouches à merde, à la toison vert doré, se précipitent sur les lumières bleues, installées en hauteur dans la cuisine. Quand l'heure de JKM fut arrivée, il n'osa pas déposer son tablier et saluer ses collègues en leur souhaitant un bel après-midi, il détestait les courtoisies de façade, mais ce jour-là, il se serait plié sans rechigner à des pratiques policées, il voulait la paix à tout prix. Et la diplomate Jojo était à court d'idées pour retenir

les coups et les insultes de l'épais Sylvain complètement aviné. Finalement, elle renonça, préférant
se concentrer sur le briquage énergique. Vers
quinze heures, la cuisine et le réfectoire furent
comme neufs. L'épais Sylvain avait disparu, la
pleurnicheuse aussi. JKM déposa les armes et s'en
alla, sans se retourner, ni saluer Jojo, encore affai-
rée à lustrer un carrelage pourtant brillant. Ça devait être une passion en fait, pensa JKM. Sur le
chemin, il passa devant la Vie scolaire d'où s'évadait un redoutable *reggaeton*. Il hésita un instant,
puis poursuivit sa route : l'épais Sylvain l'y attendait peut-être pour une danse endiablée.

31

JKM s'arrêta net devant une série d'affiches fraîchement placardées dans le hall principal du Zède-Zède, impossible de les manquer. Des jeunes garçons maigres et apeurés subissaient les coups de camarades au visage guère sympathique. Ils n'avaient pas l'air de savoir frapper dans les règles de l'art, la mise en scène parut nulle à JKM. Les affiches avec des filles n'étaient pas plus réalistes, les bouches de travers remplaçaient les mains légères, les insultes les coups. Décidément, pensa JKM saisi par les images, au nom de l'égalité et d'une parité rêvée, les filles faisaient tout comme les garçons, même les pires comportements. Sur ce plan, l'humanité progressait, c'était indiscutable. Les affiches dénonçaient les violences, les rapports de domination, d'intimidation et leurs conséquences sur la santé physique ou psychique des victimes. JKM se vit à la place du jeune garçon, frêle et livide, qui, sur l'une des affiches, allait se ramasser une mandale partie de haut et de loin, servie par un sale type aux allures de l'épais Sylvain. La gifle serait dure, brutale, assommante comme un choc contre une plaque de béton, elle ne resterait pas sans traces, physiques ou psychiques, voire les deux plus sûrement. JKM correspondait au profil de la victime, il n'éprouvait aucun doute sur la question. Les réponses au mal lui semblèrent cependant un peu légères : on invitait à dénoncer les violences, à en parler aux adultes et surtout, arme fatale, à appeler un numéro vert. Alors, certes, JKM en était persuadé, les numéros verts pouvaient sauver le monde, mais seraient-ils suffisants pour lui apporter un soupçon de réconfort, au moins réduire sa peine, il n'attendait pas qu'un coup de fil suffît à ceinturer l'épais Sylvain et freiner son torrent de violence. JKM se demandait si les interlocuteurs au bout du fil avaient déjà eu affaire à l'homme qui n'avait rien à dire, qui s'exprimait par coups et onomatopées. Le combat était perdu d'avance, lutter revenait à se sacrifier, à ne pas envisager une victoire ni même envisager une sortie honorable. À l'occasion, JKM appellerait si la fréquentation du gros cuistot devenait insurmontable, au moins pour savoir s'ils avaient une piste autre que celle du dialogue, s'ils enverraient une escouade de *Sécurité pour Tous* pour lui péter la gueule au gras Sylvain, lui balancer deux-trois coups de tatane dans le bidon, lui faire vomir ses boyaux, exploser une arcade, une pommette, il eut des envies de violence subitement, mais se calma une fois ses armes physiques considérées. Les muscles longs et fins qui habillaient ses bras pourraient à peine assommer un chat, alors le Sylvain, fallait même pas l'envisager, il aurait pris chaque baffe pour une caresse virile, ça aurait pu l'exciter ou l'énerver, il n'y aurait pas d'entre-deux possible, et les conséquences, fatalement, apparaîtraient désagréables au maigre boxeur. JKM conclut que l'intérêt suprême pour sa survie et la préservation de son pécule solidaire passait par un silence religieux, une subordination servile, il endosserait les habits d'une carpette obséquieuse qui encaisserait tout, avec docilité.

Dans la cuisine, les vieux tubes qui s'échappaient du poste gras encombraient l'espace, pesants. Les coups de couteau du cuistot sur sa planche à découper, saillants et saccadés, tombaient à contretemps avec la musique. Un bazar sonore avait déjà envahi les lieux, en roi triomphant, bien avant la meute acnéique affamée. Personne ne parlait, pas même Jojo pourtant soucieuse d'instaurer des relations au moins cordiales, elle avait dès le départ renoncé à la convivialité et encore plus à la promotion de liens amicaux entre collègues, on ne peut pas être ami avec l'épais Sylvain, il ne devait pas avoir d'amis, peut-être des compagnons de haine à la rigueur, animés d'un but commun. JKM était mal à l'aise, il avait l'impression que les murs bougeaient, qu'ils allaient se refermer sur lui dans un piège inévitable. À chaque bruit, il sentait comme une pelletée de terre tombant avec fracas sur son linceul taché de gras et de sauce. Quel goût la terre pouvait-elle avoir ? Il avait dû en bouffer, gosse,

comme des cailloux aussi, mais il ne se souvint du
goût. Il sentait ses jambes défaillir et l'envoyer par
le fond, sous le poids d'un corps qu'aucune force
ne voulait soutenir. Le souffle lui manqua très tôt,
il n'entendait plus les consignes de Jojo pourtant
maternelle et attentionnée, il se sentit comme
dans un scaphandre coupé de ses liens, perdu
dans l'immensité d'un sombre océan sans abysse
ni horizon.

*

JKM revint à lui sur le carrelage humide de la
cuisine. L'épais Sylvain lui envoyait de magistrales
tartes, alors que Jojo essayait de le consoler par
des caresses approximatives sur sa longue chevelure dorée, elle y prenait du plaisir. JKM comprit
qu'il s'était évanoui. Dans son malheur, au moins,
il n'avait pas eu à subir un service une nouvelle
fois chaotique, la pleurnicharde, contrainte et forcée, presque ligotée à son poste, encaissa les récri-
minations et, primeur de l'action, des crachats ba-
lancés par de petites pestes hargneuses, le genre
de gamins sans force ni courage qui savent sur qui
glavioter sans encourir de fâcheuses conséquences.
En la voyant, comme une martyre dans son tablier
en plastique couvert de bave et de morve, JKM
toussota, les lions en basket avec leur casquette
dévissée l'avaient dévorée en deux bouchées dans
une arène survoltée comme Blandine dans l'am-

phithéâtre, les larmes et les gémissements n'y purent rien, prier aurait été tout aussi inutile. Et le gros cuistot lui envoya un second service : insultes persillées en amuse-gueules, farandole de tapes dans le dos en guise d'entrée, une copieuse mandale pour plat de résistance et, en dessert, une douce caresse sur la charlotte, accompagnée de sa mielleuse « mais c'est rien ma jolie » (elle était pourtant atrocement laide, mais comme l'affirmait K2 après de généreuses taffes d'herbe, « même l'eau sale éteint le feu, hein »). Les mouches avaient changé d'âne, sans pour autant revigorer le faible JKM affaissé sur le tabouret de la pleurnicheuse. La salsa qui l'appelait depuis la Vie scolaire, comme le chant des sirènes pour l'imbécile d'Ulysse et son équipage de tocards, ne l'attira pas, les coups d'œil insistants de l'épais Sylvain pesaient sur son dos, ils étaient les boulettes de cire et les liens qui le retenaient attaché au tabouret. Et puis il n'avait pas tellement soif, sa tête tournait comme s'il avait déjà avalé son traitement pilsien du jour. Contraint par une hiérarchie résolument sans cœur, il s'investit comme il put dans le briquage, limitant ses gestes, ses mouvements, dans l'ombre d'une Jojo hyperactive, elle devait être un peu dépressive quand même, astiquer avec une telle énergie ! Il faut avoir quelque chose à se reprocher, ou bien porter le poids d'une peine immense, elle n'était pas sereine la Jojo, malgré son sourire timide et ses mots doux. Complètement éreinté et en sueur, JKM se rassit, par terre cette fois, la pleurnicharde ayant repris possession de sa minuscule principauté. Le gros cuistot avait disparu depuis un bon moment dans la chambre pas très froide, certainement pour écluser une brique de vin, un picrate espagnol vendu par Guidon dans son *Promo*, avec un nom en « sol » qui fleurait un soleil implacable et traître, comme les 14 % vol. promis par l'étiquette. Encore embrumé, JKM tourna la tête vers un coin sombre, près de l'entrée de la cuisine. Il aperçut Jackson, accroupi entre un porte-plats et le mur. JKM se rapprocha lentement, appuyé sur ses genoux.

— Jackson, tu fous quoi là ?

— Je me cache, répondit-il.

— Mais pourquoi ?

— Ils me poursuivent ! continua Jackson, sincèrement effrayé.

Il tremblotait, le regard perdu dans un lointain indicible. JKM prit Jackson dans ses bras, il lui baisa le front comme un père rassurant son fils.

— Tu es en sécurité ici, ils ne te feront plus de mal, promit-il sur un ton affirmatif.

Mais Jackson ne l'écoutait plus, les yeux mi-clos, presque endormi. JKM le secoua.

— Jackson ! Jackson ! Reste avec moi !

Son ami ne réagissait pas. JKM paniquait, il ne savait plus quoi faire pour le maintenir en vie, quand un violent coup de pied dans le dos le secoua. Il se cogna la tête contre le mur, Jackson s'était volatilisé.

— Tu fous quoi à quatre pattes dans un coin ducon ? Tu joues à cache-cache ?

L'épais Sylvain toisait JKM à moitié vautré sur le carrelage lumineux, comme un boxeur envoyé au tapis par un *uppercut* clinique, hagard. Il distinguait avec peine le regard furieux du chef, masqué derrière une bedaine pleine de gras et de vin espagnol. Le gros cuistot envoya un deuxième coup de pied, dans le ventre. JKM encaissa presque en silence, il ne put réprimer un léger gémissement abandonné à la dignité perdue. « C'est Jackson, il est là », dit-il le souffle coupé en montrant le recoin du doigt. Le gros Sylvain se pencha vers la niche obscure, mais ses yeux épais ne voyaient rien, pourtant il les plissait telle une chouette scannant la nuit. « Y a rien ! Y a rien ! » grommelait-il. Il attrapa JKM par le bras pour le relever sans ménagement, comme on arrache le sac plein d'une poubelle. Il lui botta le cul une dernière fois,

« casse-toi, ta journée est finie ».

32

Le lendemain, JKM rejoignit avec peine le collège, épuisé par une nuit courte et dorée, peuplée de cauchemars extraordinaires, hantés par des carreaux immaculés et brillants et un gros chef sanguinaire, suivi à la trace par son vibrion dévoué effaçant les taches que laissaient d'imposantes lames de couteaux toutes plus grandes, longues et aiguisées les unes que les autres, épouvantables lames qui tournoyaient devant ses yeux depuis des semaines, pour écorcher ses sombres prunelles une fois le sommeil venu. Bref, JKM n'avait pas dormi. Il se sentait faible et démuni. Il devrait encore supporter l'épais Sylvain et sa pitoyable escouade, ses caporales soumises et désarmées. Il aurait tout donné, même son tee-shirt aux éclairs ou sa ration de *Pils*, pour qu'un événement inattendu le sauve comme un hélicoptère vient récupérer au dernier moment des randonneurs perdus dans une montagne encombrée par la neige, avant qu'une avalanche apocalyptique les engloutissent à jamais. Il se dit que Djamila pourrait l'inviter à un stage, à une formation, même à l'autre bout de la ville, à n'importe quel raout bien nase qui le sauverait, oui Djamila en maillot de bain flamboyant qui viendrait l'arracher à une vague puissante et imprévisible. JKM était prêt à tout accepter pour ne pas franchir les grilles du Zède-

Zède, mais il dut se rendre à l'évidence : il n'avait reçu aucun SMS et puis un ordinateur en maillot de bain, ça n'existe pas.

En entrant à reculons dans la cuisine, JKM fut surpris par l'ambiance studieuse qui régnait. Le poste crasseux s'était tu, les marmites dégageaient un fumet délicat, parfumé d'herbes aromatiques fraîches. L'épais Sylvain lui parut concentré dans une découpe fine et précise de steaks de bœuf. JKM se dit que le fournisseur de bidoche avait dû se tromper, ou bien était-il en rupture de porc ? La pleurnicharde taillait des frites, avec application, comme si elle participait à un concours, elle la voulait sa médaille ! À peine JKM eut-il le temps d'enfiler sa blouse que Jojo l'attrapa par le bras pour le traîner dans le réfectoire encore calme : ils devaient le décorer avec des guirlandes, des nappes en papier rouge avec des motifs dorés, des couverts en plastique aux reflets d'argent. Assurément, une fête se préparait, ça faisait un peu Noël ! L'orange gironde qui d'ordinaire évitait de mettre un pied dans la cuisine allait et venait pour inspecter l'avancée des travaux. La CPE supervisait les opérations de plus loin, les bras croisés et l'air préoccupé. Elle avait rangé son maillot de bain, elle se désolait, ça se voyait comme un nez au milieu d'une figure. JKM apprit plus tard qu'on lui avait confisqué l'alcool et les enceintes, la Vie scolaire était devenue silencieuse et morne, comme une plaine à l'aube d'une furieuse bataille. « Vous serez l'un des héros de la journée ! », glissa, badine, la principale aux pommettes gonflées à JKM. Il n'y comprenait rien du tout, il ne voulait être le héros de rien, son souhait le plus cher depuis l'enfance était de se tenir à l'écart de toute attention, même de l'amour de sa mère. Sa relation avec Djamila le plongeait dans des situations vraiment embarrassantes, il se sentit mal à l'aise une fois de plus. Il serait bien allé se planquer à l'infirmerie, mais la garde-malade jouissait d'un arrêt maladie depuis plusieurs mois, peut-être des années d'ailleurs, personne ne se souvenait de la dernière fois où elle avait mis les pieds au collège, et son visage apparaissait de plus en plus flou, même aux plus anciens de l'institution. « Quelle veinarde ! » pensa JKM, fusillé par les coups d'œil incessants de l'épais Sylvain.

À onze heures cinquante pétantes, après qu'on eut vêtu la brigade de tabliers neufs et alors que les collégiens s'alignaient avec ordre et discipline devant les portes de la cantine encore fermées, une troupe désordonnée et bruyante pénétra par le réfectoire, accompagnée de lumières puissantes et de gorilles en costume qui tentaient de faire la police tant bien que mal. L'épais Sylvain masquait avec peine la tension qui lui tordait les boyaux, alors que Jojo souriait comme une sainte et que la pleurnicharde pleurnichait, mais il sembla à JKM que les larmes chaudes exprimaient cette fois une sorte de joie, peut-être de bonheur, il ne put distinguer, il n'était pas expert en sentiments. Il se passait quelque chose en tout cas. La principale menait la visite, tournicotant dans son tailleur orange cintré. Elle avait l'air enjouée, un peu comme ces promoteurs immobiliers qui présentent l'appartement témoin d'un programme de *standing*, et qui oublient de préciser que la place de parking n'est pas incluse, que les taxes pour les ordures ménagères sont hors de prix, ou que, par la faute d'une erreur d'un bureau d'études mal sélectionné, les locataires n'auraient sans doute pas l'eau courante avant plusieurs mois, voire des années. Il faudrait passer à la télé dans une émission de geignards abusés pour espérer régler la situation, ou pas. JKM se dit que la vitrine est toujours belle tant qu'on ne jette pas un œil à l'arrière-boutique. La CPE avait troqué son paréo cocotier pour un poncho bolivarien, l'heure était à la résistance silencieuse. Elle fit entrer les collégiens en file indienne. Ils prirent en silence leur plateau, mais les exclamations de joie agitèrent la cuisine quand ils aperçurent les steaks et les frites, et les cris redoublèrent à la vue des glaces et des sodas qui les attendaient en bout de chaîne. Enfin une révolution sans terreur, pleine d'allégresse et d'espoir ! Les collégiens passèrent en ordre, se servirent avec soin, accompagnant chaque geste d'une politesse ressuscitée. Les plus aventureux réclamèrent du rab de frites sous les regards satisfaits des officiels qui assistaient bras croisés à la réussite de leurs politiques. Les caméras ne manquaient pas un instant du service impeccable, captaient les remarques, les rires et les pointes d'humour comme « wesh les frites on dirait des kapla ! », les officiels gloussèrent, échangeant coups de coudes complices et sourires en carton-pâte.

Une fois le premier service passé, la troupe bruyante et désordonnée s'approcha de « l'équipe de restauration », comme la présenta l'orange pourpre. Les présentations furent faites : deux ministres visitaient le Zède-Zède, le ministre du *Savoir pour Tous*, une grande branche sèche au crâne dégarni, qui déblatéra un discours miné d'un vocabulaire technique pour ne pas dire grand-chose en réalité, enfin c'était l'avis de JKM, mais il n'était pas non plus expert en vocabulaire politique, et le ministre de *Job pour Tous*, le patron de Djamila et des sorcières de la succursale du bout de la cité Mc-Solaar, une autre ficelle, dont la principale qualité résidait dans un sourire niais, qui ne le quittait jamais, même quand, à la fin de la visite, un cône de glace atterrit dans son dos, « les jeunes sont formidables », concéda-t-il sur un ton euphorique. Car il y eut quelques dérapages malgré tout, la CPE commit l'erreur de retenir les élèves à table, alors que la majorité voulait s'évader pour aller jouer sur leur téléphone ou mater du porno dans les toilettes avant la reprise des cours. Même le ventre plein de frites et de glaces, l'adolescent tient à sa routine.

« Où sont nos heureux bénéficiaires du retour à l'emploi par la solidarité ? » exulta soudain la brindille guillerette de *Job pour Tous*, en tapant dans ses mains comme si elle invitait à partager un pot. À peine l'orange pressée eut-elle le temps de désigner d'un index délateur JKM et la pleurnicharde que les caméras se braquèrent sur eux, les enveloppant d'une lumière intense et éblouissante. JKM protégea son fragile regard d'une main hésitante. « Super ! On est en direct ? » s'enquit le ministre survolté, « oui ? », les journalistes confirmèrent. JKM passait en *live* sur ses chaînes de télévision préférées, le quart d'heure de gloire, il ne pourrait plus déambuler incognito dans la cité, un vu à la télé s'étalerait sur son front, clignotant comme l'enseigne lumineuse du *Promo*. Il sentit son sang dévaler tout son corps pour se réfugier dans des jambes engourdies et chancelantes, alors que sa voisine s'effondrait dans un torrent de larmes et de plaintes étouffées. « Alors, ce retour à l'emploi ? Vous sentez-vous redevenu un citoyen à part entière », engagea le ministre en s'adressant à JKM. Il ne répondit pas, les lèvres paralysées et le regard plongé dans les projecteurs de la caméra plantée face à lui. « Êtes-vous heureux de travailler à nouveau ? » reprit la ficelle en costume, un brin déstabilisée. JKM ne réagit pas plus, pétrifié, il ne pensait qu'à prendre ses jambes à cou, à s'enfuir, à disparaître comme par magie, à se téléporter dans son vaste fief pour se retrancher derrière les enceintes en tissu du donjon, alors que le ministre imbécile insistait, « ils n'ont pas l'habitude des caméras », plaisanta-t-il entre émerveillement et confusion, si la rentrée scolaire apparaîtrait réussie aux yeux du grand public, il se demanda ce que l'on penserait, sur les divans des demeures bourgeoises, de la réinsertion des profiteurs. La question était sensible, elle figurait parmi les priorités d'un gouvernement aux abois, il eut l'impression de jouer son maroquin sur cette séquence bancale, il n'allait quand même pas le perdre par la faute d'un assisté mutique aux allures de spectre sale et édenté. Il détesta les pauvres encore plus qu'à l'ordinaire, il se dit qu'il faudrait durcir les mesures à leur encontre, ils le méritaient, il fallait débarrasser la société de ces rebuts ingrats, incapables de témoigner leur reconnaissance envers des politiques qui mettaient tout en œuvre pour améliorer leur vie, leur offrir un soupçon de bonheur avant d'aller croupir pour l'éternité six pieds sous terre. Il s'y attellerait dès son retour dans l'immense bureau du ministère où il imaginait les actions les plus sordides, entouré d'une cour de conseillers grassement rémunérés pour soumettre des idées crapuleuses. Il se sentit revivre, il irait de l'avant pour en finir avec la vermine qui tirait la nation vers le bas. La priorité devenait encore plus prioritaire, songea-t-il. En y pensant, il se dit qu'il venait de trouver son élément de langage, il le testerait auprès de ses communicants, tout n'était pas perdu, il fut presque soulagé. Finalement, il haussa les épaules et entraîna la troupe désordonnée vers une sortie honorable, la porte au fond du couloir.

33.

JKM trouvait que Jackson prenait une place intolérable dans sa vie, aussi intolérable que ce soleil qui persécutait la cité depuis des semaines.
Jackson le suivait partout, il l'attendait aux grilles
du Zède-Zède, le poursuivait dans les couloirs du
collège. Le soir, il s'invitait dans la lumière douce
de son appartement, dans son fragile sommeil, au
milieu des larmes et des plaintes, JKM le soupçon-
na même de lui voler des *Pils* dans le coffre-fort
glacé. Il avait beau dire à Jackson que son intru-
sion l'agaçait, qu'il ne pouvait prendre la place de
Cindy dans ses pensées et dans son lit, rien à
faire, Jackson le collait comme une glue forte et
translucide. La peine de JKM était assez grande
pour ne pas s'encombrer de celle de son ami, il ne
pouvait supporter un double fardeau, il devait en
finir. Il pensa à des médicaments, cependant l'idée
de retourner dans le cabinet du docteur Merguez
le rebuta. Une overdose de *Pils* lui parut envisa-
geable, mais la force de l'habitude rendrait l'opération longue et coûteuse, le plaisir ne pouvait se
transformer en véritable chemin de croix. Et puis
il n'avait pas commandé de boîte en pin, et il ne
voulait laisser à Cindy la douloureuse mission de
s'y coller, elle souffrirait assez comme ça, enfin,
normalement, JKM n'en était pas complètement
certain, d'autant qu'il ne l'avait pas vue depuis

plusieurs jours, elle avait sauté les visites traditionnelles des mercredis et samedis, peut-être
s'encanaillait-elle avec Manu, s'il avait la bite aussi
tremblante que les mains, elle devait prendre un
pied fou. JKM se dit qu'il réglerait la question plus
tard, l'urgence était ailleurs : en finir avec le Zède-
Zède, avec l'épais Sylvain et toute la clique. Il pensa alors à un meurtre de masse, une cérémonie à
la norvégienne où une bête solitaire surgit bardée
d'armes et de munitions, défouraillant sur une
peuplade jeune et insouciante, qui n'y verrait rien
puisqu'elle garde en permanence les yeux rivés sur
son smartphone. Il aurait droit à un second quart
d'heure de gloire sur les chaînes télé, et sans
doute plus, des semaines voire des mois de bavar-
dages à gloser sur le profil du tueur, ses antécé-
dents, sa famille (ils ne seraient pas déçus), Cindy
serait invitée sur les plateaux, elle en profiterait
pour chanter, une mélodie triste irait parfaitement, elle accomplirait son rêve, Paulo ferait le
malin devant les caméras, « ouais, il était un peu
bizarre Momo, mais on n'aurait jamais imaginé
tout ça » ; au terme d'un procès haletant, une pla-
teforme sino-américaine proposerait une série en
six épisodes de vingt-six minutes au commentaire
déchirant, on ferait une adaptation ciné qui ren-
contrerait un succès dingue, pendant que JKM
croupirait peinard dans une cellule individuelle
aux murs moisis ; il demanderait quand même

quelques royalties aux producteurs, au cas où le
pardon lui serait accordé et la sortie envisagée, il
essaierait de se réinsérer. Mais JKM se dit qu'il ne
pouvait s'en prendre à une meute d'adolescents,
aussi stupides fussent-ils, il y avait peut-être deux-
trois âmes récupérables dans le lot, une future in-
fluenceuse ou un prometteur patron de salle de
fitness, il ne pouvait écourter leur destin mirifique
et sacrifier tout le troupeau au nom de brebis ga-
leuses comme on le fait dans les étables et les en-
clos où la maladie s'est immiscée. JKM aurait bien
demandé conseil à Chouf, mais il ne le voyait plus
non plus, les heures supplémentaires devaient
l'éreinter, à peine trouvait-il le temps de somnoler
avant de retourner au turbin. Il se tuait à la tâche.
Le pingouin béat de *Job pour Tous* aurait été bien
content de rencontrer Chouf, il l'aurait sans nul
doute décoré d'une de ces médailles dérisoires
comparées aux efforts déployés pour la décrocher,
misérables offrandes d'un État-évergète aux
caisses vides, la légion d'honneur exclue évidemment, la seule breloque accessible à n'importe
quel pékin, un peu comme le permis de conduire,
l'unique diplôme pour tous ; en y pensant JKM se
dit que cela méritait la création d'un ministère *Diplôme pour Tous*, les résultats seraient exception-
nels, on communiquerait à fond, la politique en
sortirait grandie. Il ne put non plus compter sur
les conseils de Jackson, le pot de colle avait perdu

la parole, c'était bien la peine de s'incruster à ses côtés comme un cancrelat. Il devrait se débrouiller seul, il en avait l'habitude depuis son enfance quand ses parents étaient là sans être disponibles.

*

Une nuit de plus sans sommeil. Vers quatre heures du matin, JKM décida de commencer sa journée, avec son traditionnel petit-déjeuner composé de deux *Pils* fraîches et d'informations pas aussi fraîches, débitées par le poste de télévision, il ne s'était rien déroulé de sensationnel depuis son coucher. Sa décision était prise, il passerait à l'action dès potron-minet, la télé et le peuple idiot (JKM s'incluait forcément) qui gobait ses énormités pailletées du matin au soir voulaient du sensationnel, il allait leur offrir sur un plateau. À six heures, JKM se prépara : il revêtit son tee-shirt cisjordanien, il ne sentait pas très bon, mais il ne dépareillerait pas dans l'ambiance prometteuse, « très bon choix ! » se félicita-t-il devant son minuscule miroir ébréché. Il n'avait pas senti une telle sérénité depuis des lustres, il savait que l'heure de la libération approchait à grands pas, il ne voulait pas manquer son départ. À sept heures, après avoir vaguement rangé son vaste fief, il sortit de chez lui, laissant la porte ouverte, ses ayants droits potentiels (la justice en trouve toujours et cette pute de Brenda se manifesterait vite en naufrageuse avisée) auraient sans doute besoin d'y accéder pour dresser un inventaire au contenu mirobolant, en deux colonnes, la première « Biens » renseignée par « rien » (il serait légèrement déçu qu'on ne prît pas en considération son tee-shirt aux éclairs) et la seconde « Valeurs » complétée d'un seul mot : « dignité ».

À sept heures vingt, après une déambulation lente et nostalgique dans les méandres d'une cité encore assoupie, JKM arriva au Zède-Zède, d'où s'extirpait un camion poubelle ventru au moteur ronflant. Il se tourna vers Jackson, « c'est la meilleure décision » lui dit-il d'un ton convaincu, puis il s'engagea dans les couloirs déserts du collège, où la lustreuse des agents d'entretien était déjà passée, le sol brillait comme une piste aux étoiles. Il entra dans la grande cuisine, alluma les lumières, il remarqua que l'un des néons clignotait, récalcitrant. JKM monta sur le tabouret de la pleurnicheuse et tapota sur le tube qui obéit sur-le-champ aux ordres de l'homme déterminé. Il ouvrit le poste qui envoya une chanson entraînante, une injonction stupide à s'aimer vivant, comme si l'on pouvait aimer les morts sans les avoir aimés vivants. JKM ne chercha pas à comprendre davantage la ridicule philosophie des paroles et changea de station pour tomber sur un rock aux basses lourdes dans lequel s'illustrait une batterie tapageuse, on n'entendait que ça en réalité, il manquait de *feeling* le batteur, mais au moins on ne comprenait rien aux paroles, à peine audibles.

La scène était éclairée, lumineuse, l'orchestre était prêt, l'acteur principal était présent, tapis dans un recoin avec Jackson, il connaissait sa partition, il la répétait dans sa tête depuis des jours. Il ne manquait que le second rôle. Il ne tarda pas. Quelques instants avant huit heures, l'épais Sylvain arriva dans la cuisine. Il s'interrompit net quand il vit la lumière. Il regarda partout autour de lui, inquiet un moment, puis il pesta contre les agents d'entretien qui ne savaient pas éteindre une lumière, avant de se précipiter furieux vers le poste radio pour changer la musique, il promit de leur faire payer aux agents et surtout à leur chef, le bicot, on ne touche pas à son poste. À cet instant, alors que l'épais Sylvain tenait le bras tendu vers la radio, JKM s'approcha dans son dos et le planta d'une de ces longues lames qui pourrissaient ses nuits. Le gros cuistot se retourna vers lui, les yeux écarquillés parcourus d'incompréhension, apparemment JKM n'avait pas frappé assez fort, alors il lui envoya un second coup dans le gras du bide, les boyaux pourraient s'échapper. L'épais Sylvain porta les mains à son ventre dans un râle qui fleurait bon la fin, puis il s'effondra lourdement sur le carrelage brillant comme un gros arbre à peine coupé. Il agoniserait la gueule ouverte sur un carrelage étincelant recouvert petit à petit d'une mare de sang, comme un coulis de framboise inonde un *cheesecake*, l'écrivain new-yorkais aurait bien décrit la scène se dit JKM. Il laissa tomber le couteau et sortit de la cuisine pour se diriger vers la Vie scolaire. La CPE y était seule, elle écoutait un message de paix illusoire chanté par un *reggaeman* inconscient de la réalité du monde. JKM se servit un gobelet de rosé tiède, qu'il engloutit d'un trait, puis un deuxième exécuté de la même manière, sans procès, et un troisième qui n'eut guère plus de chance face à la détermination du buveur. JKM s'affala dans un fauteuil et se tourna vers la CPE, « je crois qu'il faut appeler la police », lui dit-il, souriant et apaisé.

L'auteur remercie son comité de lecture (dans l'ordre d'intervention) : Thierry Roland, Pierre Mérot, Gilles Simon, Didier Aubert, Joaquim Faceira, Jean-Yves Le Naour, Christophe Balavoine, Jeannine Balavoine, Jean-Yves Balavoine, David Ull, Olivier Diakité et Jean-Marc Villers.

Leurs conseils et avis ont été précieux pour ajuster le texte.

L'auteur remercie tout particulièrement David Caula pour la création de la couverture du livre.